명상록
하늘재

빛나고 향내나는
스스로 고요하여

명상록
하늘재

빛나고 향내나는
스스로 고요하여

한없는 자유와 무한성숙을 위한 생명의 노래

글 · 심성구 沈 聖 求

일파소

살다보면
힘들어 주저 앉아
포기하고 싶을 때가 있다.

넘기 힘든 하늘고개를 만난 것이다.
나만의 깔딱고개다!

이럴 때

잠시 멈추고 앉아
걸어온 길들을
뒤돌아 굽어 본다.

마치 높은 고갯길 꼭대기에서
내려 보듯
구비 구비
아스라이 멀어져간 기억 속 하늘재는
내가 살아오며 넘고 넘은
나의 삶의 언덕들이다!

스스로 고요함은
이 언덕들을 원망하지 않고
스스로 녹이고 정재하여
삶의 자양분으로 전환되어
원망과 불평이 사라져
고요해지고 행복해
스스로
세상을 향해 빛나고
향내는 존재를 의미한다.

이 책과 인연된 모든 분이
스스로 빛나고 향내나는
행복한 존재 되시길 기원한다!

2024년 1월 4일
심성구

이 길을 묵묵히 지켜보며 함께해 온
윤희와 보경님에게 감사의 마음 전한다.

제 1장 하늘재 너머

프롤로그

제 2장 하늘재 가는 길

제 2장 하늘재 가는 길

제 3장 하늘재 그 자리

제 1장

하늘재 너머

갈 길이 멀고
바쁘기에
가도 가도
머물지 않고
물들지 않고 가는 길
평화롭다.

바람처럼.

하늘재 너머

어린 시절 강원도 촌에 살면서
내가 살고 있는 이 촌세상이 전부라 생각했다!

조금씩 나이를 먹으며
걸어서 집 밖을 나가보고
마을 밖을 가보면서
좀 더 넓은 다른 곳이 있다는 것을 조금씩 알게 되었다!

집 앞을 지나
고개 너머로 사라지는 황톳길 신작로를 보며
저 길이 다른 세계로 가는 길임을 알고
ㄱ 길을 보며 가보고 싶은 설렘을 ㄴ낀 것은
다섯 살 정도 되었을 때였다.

어느 날 삼촌이 양철로 된 빨간색 장난감 자동차를 사주셨다!
그 자동차에 실을 매어 끌며 그 길을 가려고 나섰다.
저 고개를 넘으면 무엇인가
다른 세상이 있을 것 같은 생각에

그 길을 자동차와 함께 나섰다.

한없이 갔지만
고개도 넘기 전에 고모에게 잡혀서 집으로 돌아왔다.

그 뒤에 기차역이 가까운 곳으로 이사를 했다.
역에서
기차 기적 소리와 덜거덕거리는 소리를 들으며
황톳길보다 강건하고 단단하게 뻗어
아스라이 사라져가는 기찻길 철로를 본 것은
굉장한 경험이었다!
빨간 양철 장난감 자동차와 기차와 기찻길은
비교할 수 없는 대상이었다!

수행을 하면서 마음을 닦는 도의 길도 이와 같았다.
점점 단단하고 곧게 뻗은 길을 보게 되고
그 길을 걷고 달려가는 속도감과 시원함은
기쁨과 행복이다.

고픈 존재... 생명...

생명은 태생적으로
고픈 존재.

살고프고
먹고프고
보고프고
알고프고
성공하고프고
남보다 뛰어나고프고
성숙성장하고프고

고픔을 채우기 위해 떠도는
그래서
아픈 존재.

어딜 가도
무얼 해보아도
고픔 채우지 못해 늘 갈증

깊은 아픔 앓아도 헤어 나오기 어려워.
고픔 채워 보지만 역시 아픔.

근원만이 그 아픔 보듬어
쉬게 할 수 있음을 아는
그런 인연 만나기 또한 어려워.

이제 인연된 이들
근원 속에서 깊은 쉼
그리고
충전 있으시길.

내일
또
생활
아픈 우박 속으로
즐겁고 당당하게 나아 가시길.

참다운 나

하늘 내려
내 안에 내가 된 하늘
그가 나의 근원, 참다운 나다.

많은 이들이 자신의 참모습을
크고 화려한 비싼 차와 명품 옷으로 치장하고
자신을 상징한다고 믿는 어떤 것이나
사회적 지위와 명예, 지식으로 덮어버린다.
잠시 이것으로 행복하기도 하고 뿌듯해 하기도 하다.

그러나 잠시뿐이다.
익숙해지면 더 큰 자극과 더 큰 것을 원한다.

이럴수록 참다운 나와의 거리는 멀어져
무엇인가 늘 허허로운 마음 피할 길 없어진다.
마치 갈증을 유색음료와 탄산음료로 채워
근본적인 갈증이 가시지 않듯이 말이다.

참다운 자신의 모습을 찾는다는 것은
자신 안의 하늘을 만나는 것이다.
그리고 자신의 삶을
참다운 자기와 함께 하는 것이다.

그와 함께 하루를 시작하고
정리 정돈하여 그와 일치하는 삶을 살 때

스스로 위로하면 위로되고
스스로 사랑하면 사랑되는
참 자기다운 자
하늘다운 자
될 때.

더불어 위로하고
사랑할 수 있는 조건 되어
스스로 더불어 종횡으로 묶이는 조건 이루어
행복한 공간과 관계조건 되리라.

바다로 간 소금인형

본디
바다에서 나고
바다에서 올라온
소금인형이
육지에 올라
온갖 풍랑을 겪는
타향살이를 한다.

타향살이의 외로움
크고 작은 산과 산맥을 넘는
힘겨움

낯선 존재들과의
만남과 갈등
그로부터 오는
불안과 두려움
소금인형의

하얗고 뽀얀 몸은
나날이 칙칙하고 거뭇거뭇해지며
연탄인형처럼 변해 간다.

그러던 어느 날
소금인형은
바다를 만난다.

한 눈에 넓게 트인
바다를 보고
매료되고 편안해졌다.

그리고
저 바다가 궁금해졌다.

저 깊이는 얼마나 될까
재고 싶어졌다.

천천히 바다로
걸어 들어간다.

서서히
칙칙하고 검은 때가 녹고 몸이 녹아
스스로 바다가 되어갔다.
자기도 모르게.

하여
산맥을 보듬고
대륙을 보듬는 바다가 된다.

모든 강물을 받아들이고
모든 것을 받아들이는
바다가 된다.

그는 비로소
고향을 찾아 편안해졌다.

본업과 부업

예수님은 동정녀 마리아에게서 남녀의 관계없이 태어나서
죽은 지 사흘 만에 부활하였고,
부처님은 마야 부인의 옆구리에서 태어나 나오자마자 일곱 발자국을
걸어 천상천하 유아독존이라는 명언을 하였다 한다.
인류의 스승이라 하는 분들의 탄생은 일반인들과 다르다.
그렇다면, 성자가 되거나 위대한 사람이 되려면
무엇인가가 나면서부터 달라야 하는가.

이러한 설화는 평범하게 어머니의 산통 속에 태어난 모든 이들의
탄생은 특별하지 않기에 성자가 될 수 없음을 말하는 것과 다르지
않으나, 평범한 사람들의 위대한 성숙과 성장을 위해 이러한 설화는
설화 이상의 의미를 두어서는 안된다.
스승들의 가르침을 귀히 여기고 존중하며 가슴에 새기는데 도움이
된다면 모를까. 자신을 미천한 존재로 여기고 스승을 우상화하거나,
아예 스승과는 거리가 있으며 나는 불가능하다 여기고 지레 포기하
는 근거나 차별화를 위한 것이라면 이는, 단연코 스승들의 뜻이 아니
고 스승들의 가르침을 거스르는 것이다.
오히려 거스르는 것을 넘어 인간 패배주의와 냉소주의에 젖어 파괴적
인 문명과 문화를 양산하여 인간다움을 더욱 잃는 결과를 가져온다.

사람의 기본인 본업과 본명은 누구나 성숙하고 성장하여
스승처럼 성자가 되는 것이다.
인간으로 태어났다는 것은 이 본명을 성취하기 위함이다.
인간의 평등성은 누구나 존엄한 존재이며
누구나 인간이면 최고의 존엄한 존재가 될 수 있음을 의미한다.

사람들은 각자의 역사와 배경에 있어서 많은 차이를 나타내지만
언젠가는 누구나 최고 수준의 정체로 거듭나기 위한 과정을
지금 이 순간 밟고 있음을 알아야 한다.

최고의 존엄한 존재로서 존재함은 엄중한 인간의 본명이다.
자신의 위대하고 엄중한 본명에 귀의하고 자신을 의심치 않는 자
되는 것이 진정 자신을 존중하는 것이다.

현재 자신들이 행하고 있는 여러 직업적 명이나 역할들은 이 본명을
위해 임시로 타고 있음을 명심하여야 한다.
언제나 자신의 본업은 위대한 성숙과 성장이며, 인간이 다다를 수
있는 최고의 수준에 다다라야 함을 잊지 말아야 한다.

세간에서 주어진 번듯한 명예와 권세가 이 본명을 앞당기는데 도움이 된다면 모르되, 오히려 멀게 한다면 그것은 참으로 슬픈 일이다. 이는 본업과 부업이 뒤바뀐 본말의 전도나 다름 아니다.

허나, 많은 이들이 자신이 조금 얻은 권세와 명예를 영원히 갖고 있을 것처럼 착각하고 허위 임시 노름에 빠져 헤어나올 줄 모른다. 무지하고 미개한 이들이다.

이 본명에 이를 데까지 얼마나 많은 시공을 돌아야 할지 아득하나 본명이 인간의 근본 삶의 목적이자 삶의 이유임을 깨닫는 것이 진정 인간의 의미를 안다 할 것.

본명에 이를 데까지 타고 가는 현재의 명들에 감사하며 두꺼워 짙어진 현재 명에 혹시 가리워 본명의 빛 잃지 않았는지 점검하여 보자. 어둠 뚫고 빛나는 본명의 빛을 보고 앞으로 앞으로 가자. 어쩌다 길 잃고 헤매일 때 본명의 빛을 보고 길 찾아 위안받고 힘 받아 가시길 간절히 기원한다.

들꽃

들꽃은
스스로 향 나고
스스로 빛나며
피어 선 자리를 이렇다저렇다
불평하지 않는다.

자신을 꽃피우게 한
햇살과 땅과 바람과 물에
향과 빛으로 예경禮敬하며
초연히 서 있다.

지나는 나그네에게
하늘과 땅 바람과 물의
고마움을 전하려
향과 빛으로 하늘하늘 서 있다.

그리고
필 때와 질 때를 스스로 알아

흔적없이 사라진다.

그리곤
땅이 되고 바람이 되고 물이 되어
다시 꽃이 되고 바람이 되고 향이 되어
무한을 타고 영겁으로
변화무쌍을 연출하여 간다.

지금의 모습에 머물지 말라며.

세상과 나

세상은
언제나 출렁이는 바다.
나는 바다에 떠 있는 조각배.
울렁이는 파도에
현기증, 멀미와 구토로 고통스럽다.

바다와 파도를 탓한들 무엇하랴.
바다와 파도는 원래 그런 것을.

이 고통으로부터 해방되려면
파도보다 더 높고 큰 배 되거나
파도에 몸 맡겨 유유자적하거나
바다가 되는 것.

아무래도
나는 바다가 되는 것이 익숙한 것 같다.

아집

아집을 바탕으로 일어나는 생각 느낌은
나와 남을 이롭게 할 수 없다.

아집으로 올라온 생각과 느낌으로 하는
말과 행동은
먼저 나를 긁고 밖으로 나아가기에
나를 해하고 남에게는 비수로 꽂힌다.

아집을 알아차리고
아집과 친함을 두려워하고
부끄러워하고 경계하며
거리를 두어 멀리하고
소멸시켜

아집의 자리에
평등한 마음 심으련다.

본바

본 바 없는,
본을 보고 배운 바 없는,
본을 보고 배운 바 없는 사람들은 불행하다.

본은 근원, 불성, 영성이다.
이 본이 심층을 통해 표상상으로 드러나
언행으로 본을 행하는 존재가 스승이다.

이러한 스승은 보이지 않으나 도처에 존재한다
다만 본 바 없는 이들은 그를 알아볼 수 없고
따라서 배우려 하지 않는다.

그래서 지식과 정보는 많으나
본 바 없어 배운 바 없는 이 되어

자신의 사악한 이익을 위한 술수 만을 보고 배워
세상을 어지럽히는 아귀 같은 존재가 된다.

존재의 불안

모든 존재는
원초적 불완전성을 갖고 있다.

불완전성은
불안과 두려움을 갖게 된다.

불안과 두려움은
갈애渴愛와 고픔·갈증으로
이것저것 찾아 채우려 한다.

그러나 취하고 채워도
안정성을 가질 수 없다.

들떠
여기저기 이것저것을 찾아
끊임없이 떠다닌다.

하루살이와 잠자리

하루살이와 잠자리가
나란히 앉았다.
그때 하루살이가
오전에는
날이 흐렸었는데
지금은
참! 날씨 좋다! 하니

잠자리가 말하길
어제 그제는 비바람이 쳐
날기에 참 힘들었다 했다.
하루살이는 어제 그제라는
잠자리의 말을 알 수가 없었다.

잠자리가 아무리 설명해도
하루살이는 이해할 수 없었다.

잠자리는 답답하여

참새에게로 날아갔다.

잠자리는
참새에게 어제 그제는
비바람이 불어 날개가 젖어
날기가 어려워 힘들었다 하니
참새도 어제 그제는 몸이 축축해서
말리느라 고생했다고 했다.
잠자리는 말이 통한다고
좋아했다!

그리고 참새는 말했다.
지난 겨울
하얀 눈이 많이 와
친구들이 많이 굶어 죽고
나도 죽을 뻔했다고 말하니
잠자리는 이해를 못했다!
겨울은 뭐고

눈은 또 무슨 말인가?
더 이상 참새와
대화가 불가능 했다.

참새는 답답했다.
저 멀리 기러기를 보고
기러기에게로 날아갔다.
기러기를 만나 이야기를
나눈다.

기러기가 창공에 올라 대양을 건너고
산맥을 넘은 이야기를 하자
참새는
무슨 말을 하는지 알 수 없었다!

삶이란
자기와 자신을 둘러싼
존재들과 세계를

이해하는 과정이다
이 과정은 필연적으로
고통을 수반한다.

이해하려는 노력과 과정이
바른 성숙의 길로 들어서게 하고
성숙한 자는 어떤 조건과 관계없이
스스로 행복할 수 있다.

성숙은 적대감과 불안이 사라지고
적대감이 사라지면 수용할 수 있는 힘이 생기고
수용할 수 있다면
자비롭게 볼 수 있다.

나를 이해하고
타인을 이해하는 것은
자비의 첫걸음.

내 안의 쉼터

몸과 마음에
집중하다 보면
아
이곳이 내가 쉴 곳임을
알게 된다.

세상살이는 번뇌와 고통의 바다를
건너는 쉽 없는 여행.

지친 여행자들이
쉴 곳을 찾아 여기저기 찾아다닌다.
산과 들 다양한 여행지들을 찾는다.
다양한 취미 속으로 찾아든다.
위로해줄 이를 찾기도 한다.

다양한 많은 쉴 곳을 가봐도
내 안의 깊은 심연을
찾아 쉬는 것에 비할 수 있을까.

내 안의 블랙홀 같은

번뇌의 소멸지

환희심의 발심지를

만날 수 있는 것에 비할까.

존재가 된다는 것

어떤 존재가 된다는 것
어떤 존재로 태어난다는 것은
어떤 한계에 갇힌다는 것
어떤 존재가 되기 전 나는 무한이다.

그 어떤 것으로 규정하거나
이름 지어지는 순간부터
무한히 틀에 갇히고 한계 지어진다.
그리고 그 한계 밖을 보고 듣고 느끼지 못하고
그 존재만으로 존재하게 된다.

이로부터
무한으로 하나였던 무한들이
존재가 되어 다투고 갈등하게 된다.

존재를 벗어나고 존재로 한계 지워진
자신의 한계로 보고 듣고 느끼는 것은
한계의 작용임을 알 때

평화가 올 것이다!

그 한계란 자신이 집착하고 있는
테두리이다!

그 테두리를 알고
쓰는 자와
갇히는 자가 있다.

쓰고 용도가 다 하면 버리는 것이
바른 삶이다!

배

피안의 저 언덕으로
건널 수 없는 배는
배가 아니다.

모든 뭇 삶들은
행복하기 위해
많은 지식과 정보들을 탐한다.

많은 개념과 정보와 지식으로 무장하지만
정작 그것으로
스스로 행복하거나
행복한 길에 들어서는데
큰 도움이 되지 못한다.

오히려
자신을 드러내어
스스로의 상을 충족하는데
쓸 뿐.

스스로 고요하여 충만하고
더불어 고요하고
행복한 길을 가는 데
또한
별 도움이 되지 않는다.

오히려
지식과 정보의 창과 칼로
스스로를 찌르고 가르고
더불어 가르고 찌르거나
먼지 쌓인 책장의
책만큼이나 부질없는
장서의 무게에 짓눌리고

시비 분별과 분노를 축적해 가며
타인의 허물을 조금도 수용하지 못하여
나날이 허약해져 가기만 한다.

윤회를 안다는 것

윤회를
진정 이해하고 아는 것은
주체적 삶을 사는 기초이다.

창조론이나 운명론 등은 남 탓이나
무기력 또는 무언가에
의존적 삶의 원인이다.

지금 이 순간
내가 하는 모든 사언행思言行 질서가
내일의 나를 만들고

지금의 나는
과거
내가 선택한 사언행의 결과임을
아는 것은
내가
운명의 주인임을 자각하고 개척해 나갈 수 있는

기본이기 때문이다.

윤회는
한 생 안에서의 작은 윤회와
한 생을 넘어 전생 미래생을 포함하는
큰 윤회를 분리해서 사색해 보면
윤회를 이해할 수 있다.

부모

생명은 생명을 낳고

생명은
어느 정도 성장하면 부모가 되어
자식을 키우고 성장시키는 데
모든 에너지를 집중한다!
이렇듯
모든 생명 존재들은 부모의 정체성을 갖는다.

부모는
낳고 기르고 키우는 존재에 대한
무한한 자비와 애정을 갖는다.

부모가 되지 않고는
한 생명에 대한 이런 집중을 갖기란
쉽지 않을 뿐 아니라
나 이외에 다른 존재에게
인내와 자비의 마음을

스스로 경험하는 것은
부모가 되어 보지 않고는
불가능에 가깝다!

부모가 된다는 것은
인간 최고의 정체성을
부모라는 역할을 통해
누구나 가질 수 있다는 것을 의미한다.

생명은
쉼 없는 성숙의 과정을 통해
최고의 정체성에 도달하는 과정의
존재들이다!

수행이란
부모의 마음과 자식된 자의 마음을
이웃과 모든 존재들에게
확장하여 가는 과정이기도 하다.

선택

일상 매 순간
선택의 기회가
무수히 주어진다.

오관으로 들어오는
모든 자극에 대하여
스스로 선택하고
반응하며 온 것의 집적이
현재의 나임을 안다.

지금 이 순간
나의 선택이
내일의
나를 만들어가고 있음을
또한, 안다.

일상의 자극과 접촉
스스로 올라오는 생각

생각에 대한 느낌에서
선하고 바른 선택으로
늘 상승하는 존재로
형성되어 가기를
지극한 마음으로 원한다.

고요와 지혜를 바탕한
선택의 힘을

오늘도 일상에서
발휘할 수 있도록
집중하고 집중하여
깨어 있으려

일상 자각의 밀도를
높여본다.

내 안의 섬

생각 감정의 폭류에
휩쓸려 가고 있는가
외로움과 소외감 위에 떠돌고 있는가
휘돌아 치는
소용돌이와 격랑의 흐름 속에 부유하며
정착할 곳 몰라
휩쓸려 가고 있는가.

내 안의 마르고 단단한
고요의 섬을 볼 수 없고
머물 수 없다면
늘 타향살이

다양한
타향의 향기와 맛에
잠시 휴식과 즐거움, 위로를 얻지만
늘 갈증이 올라와.

또다시 익숙하거나 낯선 여행을 떠나지만
늘 갈증

내 안의 안전한 섬은
싫증도 없이 머물수록
깊고 깊은 위로!
차고 차는 충만!
밝고 맑은 평안!

말의 유령

꽃은 화려하나 뿌리에서 멀듯
아무리 기쁘고 즐겁다 해도
근원의 고요함에 견줄 수 없다.

아무리 유창한 말이라도
근원의 고요와 침묵에 바탕 두지 않으면
뿌리 없는 꽃과 같다.

때때로 고요하며
침묵과 고요에 들지 않는 말들은
허공에 흩어 날리는 꽃잎만큼이나
부질없다.

침묵과 고요에 바탕 두지 않는 말들은
사람들의 마음을 어지럽히는 분열의 파편들이며
고요에 귀의하지 않는 말의 유령들이다.

햇살과 바람

햇살과 바람
별빛과 달빛이
내게 들어와
어떻게 통과되고 돌아나가는지
깊이 자각할 수 있다면
세상에 치유되지 않을
아픈 상처나 어려움은 없다.

반복 유전하는
생명체의 깊은 슬픔을 느낄 수 있다면
모든 생명체에 대한 깊은 자비가 일어
스스로 충만하여
뭇 생명체들에게 따뜻하리.

살다가

산을 만나면
넘어주고

물을 만나면
건너주고

비가 오면
맞아주고

꽃을 만나면
바라봐주고

낙엽지면
바라보고

슬픔 만나면
울어주고

기쁨 만나면
웃어준다.

그러나
그 속에 머물지 않는다.

갈 길이 멀고
바쁘기에
가도 가도
머물지 않고
물들지 않고 가는 길
평화롭다.

바람처럼.

하늘빛

산야의 초목은
하늘빛을 잃지 않고
바라보며 성장한다.

굽어 뒤틀려가도
하늘을 향한 마음과 몸짓은 변함없다.

하늘빛 가리는 장애를 비켜 휘어 뒤틀린 모습은
하늘빛 그리워 찾아가는 구도의 몸짓이다.

수많은 사람이
마음의 하늘빛 그리워 찾아가지만
진정한 하늘빛 만나 스스로 성장하는 인연 알아
만나기 어려워.

유사 하늘빛에 취해 잠시 위안 얻지만
몸도 마음도 왜곡되고 마비되어
고통마저 느끼지 못한다.

고통을 알고 느끼는 것은
유사 하늘빛 알아 떠나는 지혜의 시작.

한밤중

한밤중 일어나니
마당과 산과 들이
달빛에 젖어 고요하다.

달빛 속에 서니
여린 달빛이
몸을 투과하여 시리게 지난다.

달빛에 비친
지난 억겁의 기억이
슬퍼진다.

빛과 향

아름다움은
앎이 드러나
그리되어 있음이다.

앎의 으뜸은
자신이 누구인지 아는 것

누구인지 알아
충분히
자기다움으로 있는 자

스스로 향내 나고
스스로 빛나게 할 수 있으리라.

되도록 언제나 스스로 빛나고
향 나게 하라.

두려움의 지혜

어둠이 밀려오거나 여명이 틀 때
폭풍우와 소낙비처럼
어떤 강력한 징조나 기운을 보이며 밀려오지 않는다.
알아차리지 못할 정도로 미세한 기운으로 밀려온다.
그 힘은 거스를 수 없다.

나의 운명을 좌우하는 부정적 감정도
미세하게 거부할 수 없는 밤처럼 몰래 올라온다.
자신도 모르게 도둑과 같은 기운에 압도당한다.

이것의 결과는
나태함과 게으름이거나
자신이 조종할 수 없는 분노와
좌절 또는 불안과 공포이다.

또한, 자신에게 이로운 어떠한 것들도
'해서 뭐하나' 하는 패배감으로 나타난다.

저 무의식에 잠재된 기질적 기운은 이렇듯
소리 없이 아무렇지 않게 올라와
몸을 무겁게 하거나 지나치게 가볍거나 산만하게 한다.

이렇게 올라온 기운은
늪처럼 끈적거리는 힘으로 몸과 마음을 묶거나
바람처럼 가볍게 흔들리고 안정된 감정과 사고
그리고 시선을 갖지 못하게 한다.
결국, 밝고 맑은 고요함과 평화의 일상으로
오르지 못하게 잡아둔다.

이 기운을 사람들은 무서워하지 않는다.
자신의 내면으로부터 자연스럽게 생긴 것이기에 그렇다.

오히려 익숙해진다.
실상은 무척이나 두려운 것이나,
사람들은 이것을 두려워하지 않는다.
오히려 이러한 상태에 있는 것이 당연한 것인양

진짜 자신인양 익숙해진다.

진정 두려운 것이 무엇인가에 대한 앎이 지혜이다.
일상의 게으름과 나태함 여타의 부정적 감정과 기운을 생산하는
저 심층의 구조를 두려워하는 것이 진정한 지혜이다.

진정 두려운 것이 무엇인가를 알고
그 구조를 녹여내는 힘에 귀의하여
구조를 조복調伏 받는 힘으로 나아가는 지혜와 용기가 필요하다.

정서의 항상성을 지켜내는 의지와
그 의지의 통로로 열려 나오는 근원의 힘과 일치하는 것이다.

앎

아름다움
앎이 다 움터 올라옴이다.
완성된 아름다움이란 없다.
철에 따라 앎의 투영이 다르기에
앎이 움터 오름은
때마다 다르다.

봄 알고 움터 올라온 산야의 초목들은 봄처럼 아름답고
여름 알고 움터 무성해진 초목들 또한 여름처럼 아름답다.
가을 알아 단풍들고 시들해져 맺어가는 초목들 또한
가을처럼 아름답다.
겨울 알아 생명 안으로 새겨 넣은 초목은
눈바람 속에 고요한 숨결이 겨울처럼 아름답다.

어린아이는 어린아이대로
청년은 청년대로
장년은 장년대로
노년은 노년대로 아름답다.

앎이란 무한이다.
앎을 향한 뭇 생명들의 무한 여정은 지속된다.
앎에 접근 못 해 다양한 경험 속 헤매는 생명들은
앎과 인연이 되기 위한 슬픈 몸짓의 연속이다.

정작 본인들은 현재의 경험 속에 잠들어 있다.
앎이란 자신 속의 알맹이 길어 올려
밖으로 빛나는 것.

앎이란 잡다한 지식 아닌 근원의 존재 자체
앎은 심층의 붓으로 표상의 화지에
때마다 다른 모습 드러내 세월 타고 가는 근원

스스로 무게중심 앎에 두고 심층과 표상 보면
거품과 환상임을 아는 앎 올라
심층과 표상에 휘둘리지 않는 지혜 생겨
안정된 세월의 파도 타고 일렁이며 간다.

아침저녁으로 생명 열고 닫으며
근원과 함께 심층의 붓과 연필로 표상에 쓰는 몸짓은
세상 타고 가는 사바의 춤.

사바의 춤이니 시들해지기도 한다.

시들해졌다는 것은
앎이 새롭게 투영되어 나올 때가 되었음이다.

무엇보다도 정성과 경건함 잃지 않고 근원과 함께
하루의 성실한 시작과 맺음이 분명할 때
때가 되어 나오는 투영이
아름다울 것이다.

화와 짜증

다른 이들과 다투거나
대화 중 어떤 특정한 표현과 단어 또는 상황과 사실에 화가 나거나
오랫동안 나의 뇌리에서 떠나지 않고 나를 괴롭히는 경우가 있다.
그 말을 한 사람과도 관계가 소원해진다.

그 부분이 자신의 약점이거나 오랜 상처이기 때문에 그렇다.
마치 상처 난 피부에 소금을 뿌리면 다른 곳은 느낌이 없으나
상처 난 곳은 유난히 쓰리고 아픈 것처럼 말이다.
따라서 자신이 극복하고 성숙하여야 할 지점이기도 하다.
그런가 하면 그 지점이 자신의 원함이 집중되어 있는 곳이기도 하다.

상처와 원함은
치유와 성장의 양면이다.

대화 중 자주 화가 나거나 짜증이 많다면
많은 상처를 갖고 있는 사람임과 동시에
많은 불만과 원함을 갖고 있는 사람이다.
불만을 뒤집어서 보면 원함이기 때문이다.

많은 지점에서 치유와 함께 자기 성장을 하여야 할 사람이다.

어찌 됐든
나를 화나게 하거나 짜증나게 한다면
그 사람이 나의 성장점을 건드려 준 고마운 사람이다.
그러나 대부분의 사람들은 그것을 건드려 준 이를 상식이 없거나
말을 함부로 한다든지 배려가 없다는 이유로 멀리한다.
성장의 기회를 멀리하는 것이다.

자신이 무엇 때문에 그 표현과 말, 표정과 태도에 화가 나는지
깊은 자각과 통찰로 곱씹고 곱씹어 살펴보아야 한다.
그 화의 원인을 밖에서 찾는 것이 아니라
자신의 내부에서 찾아야 한다.
대부분의 사람들은 밖에서 화의 원인을 찾아
결국은 남 탓 하기에 이른다.
남을 탓 하기 시작하면 습관이 되어 번번이 그러기 마련이다.
남 탓은 성숙과 성장이라는 대장정에서 무서운 복병이다.

화가 난다는 것은 정상적인 정서 상태가 아니다.

정서의 항상성과 안정성이 깨지는 순간
이를 자각하고
나를 안정에서 불안과 화로 출렁이게 하는 원인이
내 안 어디에 무엇으로 존재하는지 알아내는 것이
그 화와 짜증으로부터 근본적으로 벗어나는 일이다.

알아내어 알아차리는 순간
개운함과 벅찬 기쁨을 경험한 이가
진정 깨달음의 길에 들어선 행자다.

무시무종의 무한

무한의 품에서 무상이 명멸한다.
무한은 무시무종이며 공이다.
무한은 개념으로 이해하기란 어렵다.
말하기란 더욱 어렵다.

무한은 자비와 사랑처럼 느끼는 것이다.

무한을 느낀 자
무상으로 일렁이는 표상과 심층의 세계에서
흔들리거나 일렁이지 않는다.
무한의 품을 가슴에 담은 자
그가 부처다.

무한을 창조주로 인식하면 유일신의 숭배자가 되나
무한을 가슴에 담은 자는 붓다가 된다.

무한을 가슴에 담고
사라져 무한의 한쪽이 된 존재들이다.

무상이 지겹다

봄소식을 전하며 화려하게 등장한 벚꽃이
한동안 거리와 골목을 환하게 밝혀 준다.

깊은 탄성과 걸음으로 꽃숲을 지난다.

한동안 단단히 매달려
거리를 밝히던 꽃망울들이 만개의 힘 다하는가 싶더니
눈발처럼 날며 허공과 길바닥을 은하수처럼 수놓는다.

떨어진 꽃잎 자리에서 자란 잎이 벌써 무성하다.
생명의 자람은 이렇듯 무상히 세월을 타고 가는구나.

내 속에서도 이렇듯
생명의 찬란함이 피어지고 지나간다.
피고 지고 피고 지는 생명의 연속현상으로
무상은 무상으로 가고 간다.

얼마나 무상을 경험하여야

무상을 떠난 존재로 머물 수 있을까.

무상이 벌써 너무 지겹다.

고통의 바다는 아직도 먼데.

태풍의 눈

홀로 있거나 대화 할 때
쉬고 있거나 어떤 일을 할 때
무료함과 지루함이 올 때
분노와 증오가 올라올 때
불안과 공포가 밀려올 때
슬프거나 우울할 때

자신이 지금껏 느꼈던
일반적인 기분과 기운의 상태가 아닌
자각과 정정명상의 기운에 깨어 있다면
다른 차하급의 에너지들을
조종操從 조정調整 조절調節 통제統制 할 수 있다.

그러한 상태가 선정이다.

선정禪定이란 우리가 일상에서 경험하는
기운과 기분의 에너지를 뛰어넘는 최고의 상태이다.

자각이 고도화한 상태
깨어 있음이 명료한 상태이다.

선정은 많은 수준과 단계가 있으나
밀도 있는 고요함과 평화로움이다.

소용돌이로 몰아치는 태풍의 정중앙에 고요한 태풍의 눈이 있어
태풍을 움직여 가듯 그 고요함의 밀도가 태풍의 강도를 끌어간다.

복잡하게 돌아가는 일상과 관계 속에서
고요함과 평화로운 여유가 내 중심에 있다면
설혹 삶이 태풍 같다 하더라도
그것을 움직여 갈 수 있는 힘이 내 안에 있게 된다.

내 안에 있는 태풍의 눈에 눈 떠
그 눈으로 태풍처럼 거침없이 동요 없이 살아보자.
그 눈 속에 험한 세상 담아 녹여
스스로 고요하고 평화로운 존재 되어 보자.

아름다움

아름다움이란
앎知다움이다.
앎다움이란 앎만큼 되어 있음이다.

모든 앎 중 으뜸은
자신이 누구인지 아는 것이다.

아름다운 이들이란
자신이 누구인지 알고
그리되어 있는 이들이다.

자기다움이
가장 아름다움이다.

산과 들의
민들레와 진달래 같은 초목은
자신이 누구인지 알기에 아름답다.

자신이 누구인지 알기에
필 때와 질 때를 안다.

그들은 누구를 부러워하거나 시기하지 않는다.

자기다움으로 다른 이들과 어울리며
자신과 다른 이들의 아름다움을 돋보이게 해준다.

스스로 아름다울 뿐 아니라
더불어 더욱 아름답다.

무한시공의 은혜

지금 이 순간
삶이 무의미하게 느껴지는가.
힘들고 괴로운가.
누군가 미워지고 복수하고 싶은가.
자존심이 상하고 우울한가.
이렇게 살아야 하는지 회의가 느껴지는가.

그렇다면 잠시 자각하고 1초만 여유를 가져 보자.
그래도 힘든 순간이 지속된다면
2초 3초의 여유를 갖고 심호흡을 하여보자.

그래도 안된다면
1분의 여유를 가져 보자.

그래도 안되면
'한 시간을 주겠다'라고.
무한은 우리에게 거듭거듭 다가온다.

한 시간 갖고도 안된다면
오전을 주겠다.

그래도 안된다면 오후를
그래도 안되면 저녁 시간을
그래도 안된다면 잊고 새로워질 수 있는
깊은 밤과 잠을 주겠다.

그리고
밝게 떠오르는 해와 새날을 주겠다.
그래도 안되는가.

그렇다면 달을 주겠다.
그래도 안된다면 봄을 주겠다.
그래도 안되면
여름을...
가을을...
겨울을 주겠다.

각기 다른 느낌으로 새 마음 먹을 수 있는
다양한 기회를 당신에게 주겠다.

그래도 안되는가.

그렇다면 5년 10년 단위의 기회를 주겠다.

그래도 안되면
하루가 지나 아침이면
당신도 모르게 눈 떠
새날 맞이하듯
새 생명 주겠다.

거듭거듭.

자기분열

심층과 표상이 상호 주고받으며 작용할 때
생각과 느낌이 가장 많이 준동한다.
서로 시너지 효과를 내며 작동하기에
통제 불능이다.

통제 불능상태가 오래
또는 순간 폭발적으로 진행되면
스스로 붕괴의 절차를 밟으며
스스로 분열 상태에 이르게 된다.
스스로의 분열은 더불어 분열되어
외부관계의 분열로 이어진다.
관계의 단절이다.

스스로 분열이란
표상자아들이...
심층자아들이...
각자 자신만의 생각과 느낌을 갖고 각축을 벌이는 상태다.
스스로 정리가 안될 뿐 아니라 내면의 지도력을 잃고 우왕좌왕하다
가장 센 자아가, 그것이 표상이든 심층이든 주로 심층이 되겠지만.

어쨌든 관계없이 내면을 주도하게 된다.
이것이 고집이며 집착의 구조가 된다.
근원과의 단절이 고착되고
표상과 심층은 심히 왜곡되어 간다.

점점 근원과는 멀어진다.
근원과 멀어진다는 것은 하늘과 멀어진다는 것이다.
이쯤 되면 하늘을 두려워하지 않는다.
하늘이란 양심良心이다. 양지良智이다.

표상과 심층이 근원과 함께하며
근원의 지도와 통제하에 적절히 자신의 유효성을 지키며
진퇴와 생멸의 삶을 살아야 한다.
이것이 통합이다.

표상도 심층도
내 안에서 자신의 삶을 사는 중생이며 생명이다.
이들도 근원의 품에서

마음껏 사랑받고 위로받으며 자기 성숙과 성장을 하고픈
진화의 원함을 갖고 있는 가엾고 슬픈 생명이며
역동적인 생명이다.

그들이 다시 근원에 귀의하고 근원에 녹아들도록
스스로 일상 수행력 높여 내면의 통합질서 찾아
내 안에서 해탈 구원이 일어나야 한다.

내 안의 어린 자아들이 충분히 사랑받고 위로받아
스스로 만족하여 사라지도록 하는 것.
이것이 구원이요 해탈이다.

이러하기 위하여
스스로 근원의 사랑 길어 올려
내 안의 어린 자아들이
근원의 사랑과 자비의 젖줄에 목을 축이도록
내 안에 단절과 분열이 아닌
연결과 통합의 질서를 구축하여야 한다.

봄 여름 가을 겨울

사계절은
생멸의 순환이다.

봄은 봄다워야 하고
여름은 여름다워야 한다.
그래야
가을에 가을다운 모습과 내용으로 채워져
철 들게 된다.

철든 알곡은 겨울의 어두운 터널 속에서
더욱 생명다움을 키워
따스한 봄빛을 만난다.

다음 봄
철든 만큼
더욱 튼튼한 새싹 키워
한 차원 높은 성장과 성숙의 순환고리를 타고
끊임없는 진화의 길을 가게 된다.

철에 철이 들지 않아 건너뛰면
생명 질서상 언젠가는 그 철의 보완을 위하여
다시 순환의 질서에 들어서야 할 것이다.

자기다움이란
철에 철이 든 것을 바탕으로
아름다움이 드러난다.

인연

인연을 안다는 것은
내 안에 어떤 인因이 있어
어떤 연緣을 만나니
이렇게 되는가를 자각하여 아는 것.

일어난 과에 대하여
연의 책임으로만 돌리는 자세는 무지의 탓.

내 안에 어떤 인이 있어
이러한 느낌과 생각을 하게 하는지를 아는 것.

내 안에 어떤 인이 있어
이러한 결과를 만들게 되었는지를 아는 것.

내 안에 어떤 인이 있어
이러한 연을 부르고 찾아 이러한 결과를 일으켰는지 아는 것.

내 안에 어떤 인이 있어

이러한 일에 이렇게 화가 나고 마음이 아픈지.

내 안에 어떤 인이 있어
이러한 일에 이렇게 기쁘고 감사한지를 아는 것.

이것이 자각력의 핵심!

이러한 자각력이
좋은 인연을 만들어 가는 힘
좋은 인연을 만들어 가는 내 안의 인을 위하여
오늘도 생명과 함께 생명 안에서
깊은 고요 속으로 들어 정리 정돈하여 가자.

인因은 내 안의 소를 말하고
연緣은 환경이나 조건을 말한다.

자비와 자아

자아의 한계를 알고
자아의 유통기한을 지키며
일시적 활용틀로 쓰고 버리면
자신의 내면에 틈이 생기기 시작한다.

그 틈에서 자비의 에너지가 생성되기 시작한다.

자비란 동정심과 다른 것이다.

동정심이란 자만과 교만 또는
나는 저런 고통스러운 처지에 있지 않아 다행이라는 마음이
다른 이의 고통에 닿을 때 일어나는 마음이다.

이러한 동정심도 없는 이들보다야 낫겠지만
영적 진화를 위하여 별 도움이 되지 않는다.

반면 상대에 대한 깊은 공감과 통찰이
다른 이의 고통에 닿을 때 자비의 마음이 일어난다.

자비란 깨달음의 통로를 열어주는 영적 진화의 에너지이다.

자아가 사라진 틈새에서 자비의 씨를 발견하고
자비의 꽃을 피워보자.

자비는 스스로 평화로워지며
더불어 평화로워지는 길이다.

깨달음

깨달음은
자아의 깨짐과
더 큰 자아로 달려감을 의미한다.
깨지고 달음질쳐감이 깨달음이다.

완전한 불성을 가두었던 자아의 틀이 깨지며
근원의 날개가 펴짐이다.

나는 다 안다
나는 이렇게 생각한다 등등
자신을 가두고 있는 이러한 생각과 감정의 틀들이 깨지고
근원의 자유로운 날갯짓이 일어날 때
우리는 환희를 느낀다.

깨달음의 환희를
그 환희는 완전한 깨달음으로
나아가는 힘의 축적과정이다.

스스로 위로

산다는 것은
상대 행복의 바다에서
허우적거리며
집착과 욕망으로 갈 곳 몰라 헤매거나
체념의 무감각 속에서
생을 마감하는 것이 대부분.

비교와 상대함이 사라진
절대행복의 바다에서

스스로 위로함으로 위로되고
스스로 사랑함으로 사랑이 넘쳐
뭇 생명 위로하고 사랑하는
우리 되길.

꿈과 희망

꿈과 희망
생명 존재의 권리와 의무
그리고 존재의 의미

그대는
어떤 꿈과 희망을 가지고 있는가.

하루하루 삶에 허덕이며
연명하고 있는가.

좀 더 높고 많은 물성세계로
나아가기 위해 골몰하는가.

적당한 안위와 평안 속에서
제법 행복하다 자부하며
자족하는가.

머리 위 이상 갖고

발아래 현실 직시하며
힘있게 가고 있는가.

어떤 삶이든 꿈과 희망 있다면
생명존재의 의미를 가지고 있다 하겠으나
지속 성숙과 성장의
꿈과 희망에 견줄까.

이상과 현실의
균형 있는 날갯짓으로
차츰 날아올라
머리 위 이상을
발아래 현실로 끌어내리는
나날 되길.

숲에 가면

숲에 가면
생각을 멈춘 존재들을 본다.

단순히 서 있는 초목들이다.

끊임없이 생각하고 행동해야 하는
그래서 공격 아니면 방어해야 하는 동물들과 달리
그들은 어떠한 경우에도
공격이나 방어하지 않는다.

절대 수용적 자세로 그냥 서 있다.

그래서 숲에 가면 편안하다.
그들은 사람들의 생각을 씻어주는
물과 같은 존재들이다.

나무들은 사고의 끝 지점에 도달한
인간보다 우위에 있는 존재들이다.

그들은 뇌가 없다.
뇌가 없는 것이 아니라
필요를 스스로 거부한 자들이다.

생각이 많은 것과 깊은 것은 다른 것이다.

초목들은 깊은 사고의 결과
사고를 끊고 뇌 갖기를 포기한 존재들이다.

나무들을 만나
깊은 침묵과 절대수용의 자세를
숙여 배워보자.

사랑과 자비의 원천

자신의 느낌 넘어...
자신의 생각 넘어...

존재하는 자신에 대한 이해
그리고 존중이 사랑의 원천이다.

그 외의 사랑과 관심은
깊거나 낮은 차원의 욕구를 위한
이기심의 원천일 뿐이다.

이기심을 보고 넘을 때
해방과 해탈을 만나게 된다.

진정 자신을 사랑한다 할 수 있고
더불어 남도 사랑한다 할 수 있을 것이다.
허무와 슬픔 뒤의 참 존재
모든 살아있는 생명들은
저마다 생존의 욕망을 갖고 있다.

고등한 존재일수록
생존의 집착과 욕구를
다단하게 부풀려 간다.

좀 더 나은
좀 더 좋은
좀 더 많은
좀 더 높은
좀 더 폼나는
생존을 위한 투쟁에 나선다.

좌절되면 괴로워한다.
성공한다 하더라도
만족은 잠시뿐
또 무엇인가 도전한다.

고통과 만족의 쳇바퀴를 돌다
한 생을 마감하는 순간에도 어떤 열망을 갖는다.

열망의 슬픔을 간직한 존재들인 생명...
참 슬픈 존재들이다.

맹렬히 추구하고 투쟁한 자 중
지극히 소수만이
그 열망의 허무와 슬픔의 끝을 본다.

그 허무 슬픔의 끝을 넘어
존재성을 본 자
그가 참 존재일 것.

큰 배

세상은 바다와 같다.

잔잔한 듯하나
언제 출렁이고 폭풍우 몰아칠지 모르는 곳이 바다다.
이 바다에서 작은 쪽배 타고 항해하고 있다면
출렁이는 물결과 파도 앞에 늘 풍전등화와 같은 신세다.

작은 쪽배의 주인은
바다의 고요함과 평화로움을
온전히 즐길 수 없을 뿐 아니라
바람과 파도로 늘 걱정과 불안에 시달린다.

배의 한계보다는
거친 바람과 파도를 원망한다.

세상을 원망하는 쪽배 버리고
큰 배 띄워보자.

생명생활의 노래

생명
生은
限없는 自由
위ㅗ 없는 成熟

命은
限없는 自由
위ㅗ 없는 成熟위한 틀

活은 틀 속의 生.

生活은
한없는 자유
위 없는 성숙을 위한
생명의 노래.

나의 무엇을 돕기 위하여,
무엇을 더 성숙시키기 위하여

생명 살이란 즐거움과 보람, 덤덤함
고통과 불안이 시공간에 펼쳐지는 기운의 흐름이다.

생명은 생활을 통하여 생명 존재를 드러내고
생활은 생명의 성숙과 성장을 위하여 펼쳐지는
생명력들의 협력과 충돌 간섭과 지배이다.

각자 성숙과 성장의 길에는
끊임없이 넘어야 할 과제와 과정들이 펼쳐진다.
이러한 과정은 단순한 과정이 아닌 종합적 과정이다.
따라서, 과제와 과정들에는
즐거운 과정과 고통스러운 과정이 있게 마련이다.

즐겁고 감동스러운 느낌과 일을 통하여 성숙성장하는 부분과
고통스러운 일과 상황으로 성숙성장하는 부분이 다르다.

즐거운 과정은 주로 성장을 담당한다 할 것이다.
반면 고통스러운 과정은 성숙을 보장한다 할 것이다.

따라서 고통과 즐거움은 성숙과 성장을 보장하는 중요한 과정이다.
이러한 고통과 즐거움은 누구에게나 있게 마련이다.

그러나 이러한 과정을 성숙과 성장의 기회로 삼는 이는
그리 많지 않다.

오히려 즐거움을 동반한 약간의 성공과 보람은
자만과 아만我慢을 키우고
고통은 상처가 되어
그 존재를 괴롭히거나 성숙과 성장판을 병들게 한다.
이러는 순간에도 성숙과 성장의 기회는 늘 있게 마련이지만
성숙과 성장의 에너지는 막혀 있다 할 것이다.

즐거움과 고통의 에너지가
누수됨 없이 알찬 성숙과 성장의 기회가 되기 위해서는
철저한 자각력自覺力이 바탕 되어야 한다.

일상에서 일어나는 모든 즐거운 일,

특히 고통스러운 일이 일어날 때
나의 성장과 성숙을 돕기 위해 이런 상황, 느낌이 벌어지고 일어날까.
어떤 미숙함을 드러내기 위해 이러한 즐거움과 고통이 일어날까.
자각自覺하고 궁구窮究하여야 한다.

나의 무엇을 돕기 위하여 이러한 질서가 펼쳐지나
그 고통과 즐거움을 먼저 보고 자각한 다음
그 고통과 즐거움의 뿌리를 볼 수 있는 자각력의 발동이 요구된다.
그 뿌리를 볼 때 진실을 볼 것이다.

겉 드러난 사실보다
진실이 우리를 성숙성장시키는 알짜이기 때문이다.
일상 모든 일에서 특히 부정적인 감정이 일어날 때,
나의 '무엇을 돕기 위하여'
'무엇을 더 성숙시키기 위하여
이런 일과 감정, 느낌이 일어날까'하고
의혹이 아닌 의문을 던지는 습관이 훈습되어야 할 것이다.

제 2장

하늘재 가는 길

바라보면 멀고 먼
하늘재 가는 길

주저앉아 통곡하고 싶으나
굽어 올라있지만 곧게 뻗은 길 보여
기꺼이 길 또 재촉한다.

하늘재 가는 길

허물 벗고 벗으며 앞으로 앞으로
어디가 끝인지 알 필요는 없다.
그저 앞으로 앞으로 가는 것이다.

돌아보면 벗어 버린 허물이 많고 많다.

예까지 오는 동안
가슴 안에서 가슴 밖 끝까지 에이는
슬픔, 분노, 안타까움 저림도 많아
길 떠남 두렵지만

벗어버린 허물이 많을수록 후련함과 개운함
깊은 감사와 기쁨이 또 밀어 올린다.
앞으로 가라고.

바라보면 멀고 먼
하늘재 가는 길
주저앉아 통곡하고 싶으나

굽어 올라있지만 곧게 뻗은 길 보여

기꺼이 길 또 재촉한다.

길

태어난다는 것
인생이라는 길 위에 떨어진 것
이 길은 다른 이들과 경쟁하며 또는 협력하며
지도와 도움을 받으며
오순도순 가기도 하고 싸우며 가기도 한다.

그러다
오직 혼자만이 가는 자기만의 길을 만난다.
오직 홀로 견디며 가야 하는 길을 만났을 때
그것은 진정 나만의 길이 된다.

그것은
심리적 어려움
또는 병고에 처한 경우들일 것이다.

이 길에 들어섰을 때
비로소 참다운 삶의 진수를 알게 된다.

그리고 한 차원 더 높은 삶의 경지를 보게 된다.
존재들에 대한 더 높은 이해와 자비를 경험하게 된다.

스스로 더욱 행복해진다.

생명생활과 명상

인간은 무한성과 유한성이 결합된 존재이다.
무한성이란 근원이며, 유한성이란 심층과 표상이다.

근원이란 불성 또는 영성, 진아 또는 니르바나 상태이다.
심층이란 자신의 기질, 성격
또는 살아오면서 경험하고 교육된 가치관 등이다.

표상이란 심층과 함께 겉 드러난 현상들이다.
잘생겼다 못생겼다 매력적이다 학력이 높다 등등...
직관적으로 보여지고 느껴지는 모든 모습이
표상 또는 심층이라 할 것이다.
우리는 통상 그 심층이나 표상에 중심을 두고 살아간다.

이것은 진정한 자신이라기보다 한시적으로
또는 일시적으로 근원의 겉 드러난 모습일 뿐,
진정하고 영원 지속적인 자신은 아니다.
이것을 자신이라 생각하고 집착하는 순간부터 거짓에 속는 것이다.
스스로에게 속는다는 것이다.

이것은 불행의 시작이며, 고통과 불행 그 자체이다.

명상은 근원을 바탕으로 시시때때로 필요에 따라 나타나는
자신의 상이 일시적이며 한시적인 심층 표상임을 알아차리는 힘인
자각력을 키우는 것이다.
그런 다음 근원의 힘으로
그 상을 적절히 조절 통제하는 경영능력을 키워
스스로 고요하여 빛나고 향내 나는 삶을 사는 것이다.

이러한 능력이 없다면 평생 속고 속는 삶의 연속일 뿐,
진정한 성숙과 성장과 행복을 보장받기 어렵다.

근원과 심층, 표상의 균형이 유지될 때 진정한 성숙과 심리적 안정
이 보장되고 진정한 행복을 일구어 갈 수 있을 것이다.

생의 개발은 근원적인 힘의 개발이며,
명의 개발은 심층과 표상의 개발로서
생활력의 개발이라 할 수 있다.

* 근원은 무아·불성을 의미함

삶의 무게중심

표상에 중심 두면
늘 불안하다.

표상은 가장 변화가 심할 뿐 아니라
생명력이 가장 짧기 때문이다.

심층에 중심 두면
어느 정도 안정된다.
표상에 비해
생명력이 조금 길게 느껴진다.

그러나 표상에 상대하여
그러할 뿐이다.

근원에 중심 두면
늘 평화롭다.
늘 정서의 안정을 지켜낼 수 있다.

근원은 시공을 초월한 영원성의 본원이기에
근원에 중심 두고
심충과 표상을 운영하면
통합된 자아로
안정된 삶의 중심 지켜내
지속 성숙과 성장의 길을 쉼 없이
갈 수 있다.

이상과 현실

머리 위의 이상을
발아래 현실로 만들고
성취하여 가는 것이 수행이다!

내가 생각하는
나의 이상적인 모습은 무엇인가?
나는 나의 이상적 모습을
갖고 있는가?

자신의 성숙한 모습을 상상하고
그 상을 목표로 다가가고 있는가?
집착에 의한 저급한 견해와 사고로
늘 타인에게 구걸하고 매달리고 있지는 않은가!

알아차리고 새롭게 새싹 돋아나듯
자신의 진정한 싹을 돋아 내어 가보자
지속적으로 쉼 없이!

궁극의 행복

철저히 외로워 본 사람은
궁극의 행복을 어디서부터
출발해야 할지 알게 된다.

누구 때문에
무엇 때문에
행복한 것이 아니라
스스로의 존재로 행복해야
다음 차순들로 행복할 수 있음을.

스스로 행복해야
더불어 행복할 수 있음을.

스스로 무한히 확장되는 마음으로
분별력은 키우되
분별심은 버림으로
스스로 지족하여 행복할 수 있음을.

자극과 반응

수행을 한다는 것!

이는 내부에서
일어나는 자극과
외부에서 오는 자극에
어떻게 반응하는가에 대한
자기 훈련이다.

내부와 외부의 자극에 즉각 반응하는 사람들이 있고
내외부의 자극을 알아차리고 숙고하고
천천히 반응하는 사람들이 있다.

즉각반응은
고통과 갈등을 일으키는 주범이 될 가능성이 크다.
외부의 자극을 알아차리고 사유의 심리적 공간을 스스로 만들어
즉반응 즉 싫다 좋다를 멈추고
심리적 사유 공간의 밀도를 높인다.

밀도 높은 심리적 공간은
내 안의 분노나 두려움 슬픔 등 부정적 심리들을
녹여내는 용광로가 된다.

그리고 이해와 수용과 자비가 올라오고
중립적 마음이 내면을 채워 편안해진다.
이것이 수행의 핵심이다.

생명

命 다 할 때까지
生의 불꽃 영롱히 밝히며 살기를
거듭 願 세워

오늘도
生命 관리를 철저히 한다.

아침해 오름과 함께 깊게 살펴
높고 깊은 무한의 정체를 키워 올려 본다.

아울러 모든 이가
밝은 빛의 주인 되길 기원한다.

늘 스스로 깊게
더불어 넓게 살펴
모든 이 밝은 빛으로 만나
더욱 밝은 빛으로
세상 밝혀지길 기원한다.

무엇보다 중한 것은
스스로 최고 정체의 '불'임을 알고
스스로 세상을 밝혀 가는 것.

지혜로운 삶

지혜 중 가장 크고 깊은 지혜는
자신의 과거 행적을 낱낱이 기억하고
돌아보는 것이다.
그리고 그것을 바탕으로 현재의 삶과
미래의 삶을 살아가는 것이다.

이것을 성찰이라 한다.

과거와 현재, 미래는
상호 연결성을 갖고 상호작용함으로
과거를 바탕으로 현재가
현재를 바탕으로 미래가
상호 영향을 주고 연결되어 쉼 없이 반복되니
그중 가장 중한 것은
현재다.

현재 지금 여기서 깨어
나의 모든 느낌과 생각을 알아차리고

현재에 진실하고 충실한 삶만이
밝은 미래를 기대할 수 있을 뿐이다.

수행의 핵심이기도 하다.

수행한다는 것 1

길을 닦는다는 것은
목적 지점에 다다르는
과정에서
가장 단거리로 빠르게
갈 수 있도록
도로를 닦는 것.

이 과정에서
산을 만나고 강을 만나고
계곡을 건너야 하고
늪지대를 지나야 한다.

터널을 뚫다 보면
바위도 나와 그 바위를
깨고 폭파하여
장애물을 없애는 과정과
바닥을 고르고
단단하게 다지는 과정을

밟아야 한다.

이처럼 바위처럼 굳고
왜곡된 몸과 마음을 닦는다는 것.

수행을 한다는 것은
내 안의
깊은 안전지대

수행은
시공을 초월한 내 안의
쉼터를 향하는 길을
닦되
초고속 도로를
닦는 것이다!

수행한다는 것 2

수행은
자신과 자신을 둘러싼 세계를 이해하는 것으로부터 시작한다.
나를 이해하고 나를 둘러싼 주변 세계를 이해한다는 것은
나의 고통을 해결하는
첫걸음이기 때문이다.

왜 두렵고 불안한지를 아는 키를
자신이 쥐는 것이며
이는 자신의 고통으로부터 벗어나는 힘을 키우는
첫걸음이다.

나를 안다는 것은 나의 집착구조를 알고
그로부터 나오는 나의 마음 구조를 아는 것이다.
이는 나를 조정 정돈하여 가는 첫걸음의 시작이다.

이를 기반으로
주변 사람들의 집착구조를 알아가는 기반이 조성되어
수월하게 이웃에 대한 이해의 길에 들어서게 된다.

이것이 어느 정도 진행이 되면 자신에 대한 수용력과
이웃에 대한 수용력이 커져
이전보다는 훨씬 편안하게 자신과 이웃을 대하고 볼 수 있게 된다.

이를 기반으로
자신과 이웃
그리고 주변 세계의
이해와 통찰의 수준을 비상非常하여
높여 갈 수 있는
힘과 관점이 생겨나기 시작한다.

이는 수행의 깊이와 넓이를
쉼 없이 확장하여 가는 길에 들어서게 되는
참으로 복된 길이다.

자각만이 길

수행의 핵심은
오관으로 들어오는
모든 정보들이
내 마음에서
어떻게 반응하고 처리되는지
알고 반응하는 것이
중심이며
'다' 라고 할 수 있다.

오관으로 들어오는 세계가
아무리 확고하더라도
내 마음이
반응하지 않거나
없다면
아무런 의미를
갖지 못한다.

따라서

외부로 향하여
시비 분별하는 마음 역시
나의 반응의 하나로
자각의 대상일 뿐.

명상수행

명상수행이란,
명과 색을 조정 정돈해 가는
운동이다.

명은 마음 또는 정신
색은 몸 또는 신체
정신과 몸의 변화와 성숙을 위한 운동이다.

명이 상승 즉, 마음이 바뀌면 몸이 바뀌고
몸이 바뀌면 다시 마음이 상승하는 과정을
쉼 없이 반복하며 성숙한 존재로
거듭 나아가는 것이다.

이 과정을
나는 조정하고 정돈하는 몸과 마음의
쉼 없는 과정을 정정 명상수행이라 칭한다.

* 정정은 몸과 마음의 조정(正)과 정돈(整)을 줄여서 표현함

거리두기

거리를 둘 수 있다는 것은
힘을 갖는 것을 의미한다.

밀착되어 있다는 것은
서로 집착하고 있거나
의존하고 있다는 것이다.

나의 생각과 느낌을 쓰는
씀의 존재가 된다는 것은
자신의 생각과 느낌의 주인이 된다는 것이다.

자신에게서 올라오는
생각 느낌을 쓸지 버릴지를
선택할 수 있기 위해서는 공간이 필요하다.

공간의 확보가 거리두기이다.

성숙

미성숙은
고통이다.

고통의 답은
성숙이다.

자기 안에서
스스로 마음의 벽을
밖으로 밀어 넓혀가는 과정이다.

밀고 넓혀간다는 것은
먼저
자기 생각과 느낌을
절대시하지 않는 것이다.

그리고 즉시 반응하지 않는 것이다.
동시에 그것을 알아차리는
힘을 키우고

자신의 생각과 느낌에 거리를 두고
알아차림의 공간을 넓히고
그 공간의 밀도를 높여가는 것을 말한다.

쉼 없이 자각의 밀도를 높이며
마음 공간을 넓혀가다 보면
마음 벽은 얇아지고

끝내는 투명해지고
더욱 엷어져
보고 느끼고
이해하고 수용하여

주변 존재들과 스스로를
있는 그대로 볼 수 있게 된다.

비로소
자비를 경험하게 된다.

자아의 유통기한

근원의 통제하에 있는 자아는
스스로 생성소멸의
적절한 지도하에 있게 된다.

근원의 지도를 받는 자아는
스스로 유통기한을 지켜 소멸하여 간다.
이것이 성숙과 성장의 내용이다.

근원의 통제를 벗어난 자아는
통제 불능의 어린아이다.
어디로 튈지
무슨 말을 할지
무슨 짓을 할지
보장할 수 없다.

어른이 된다는 것은
내 속의 얼인
근원의 외적 발현으로

얼의 활동력이 보장된 사람을 일컬음이다.

내 속의 스승인
내 속의 얼
내 속의 불성이
자아의 주인 되고
자아의 스승 되어
그의 지속자람을 돕고

다독이며 사랑하는
내 속의 통합적인 관계질서를 확립하는 것이
생명생활수행의 핵심이라 할 것이다.

자아를 타고 타고...
자아를 버리고 버려...
깨지고 달려 더 성숙한 자아로 자아로 가자.
근원과 함께 더불어…

오늘도 좋고 내일은 더욱

오늘보다는 내일이
내일보다는 모레가
더욱더 깊은
지혜와 평화와 자비가
넘치는 일상이 되길
스스로 염하고 선택하고
정진한다.

이 생의 수행으로
궁극적 지혜의 경계에 들어서고

더 많은 뭇 삶들에
유익한 존재로서 일상을 살고
거듭거듭 나고 상승하는
원함을 새기고 새겨가는 일상이 되길.
오늘도 결심하고 항심하고
스스로 신심과 성심으로
밀고 밀고 간다!

지금 현재에 깨어 있는 삶이
더욱더 드러나게 하고

삶의 에너지가
생활로만 소비되고
허비되지 않게

생활이 명을
더욱 상승하게 하는
수직 상승의 에너지로
귀착되게 하는 생활이 되길

스스로
천상천하 모든 존재들과 더불어
기원한다.

실참실수

실참실수實參實修 로
자신의 체험 수준을 높여가는 것은
수행으로
성숙한 삶을 위한
스스로에 대한 이해
타인에 대한 이해와
수용의 수준을 높여가는 바탕이다.

스스로 수용 불가는
타인의 수용 불가로 이어지고
이는
곧 고통이자 불행이다.

어떠한 경우라도
정서의 항상성을
지켜 가려는 것은

일차적으로 정서의 항상성을 바탕으로

자신에 대한 통찰과
수용을 위한 것이며

그런 토대 위에 타인을
수용할 수 있는 힘이 생겨나기
때문이다.

이는 시비분별의
차원을 넘어
이해와 통찰의 영역으로
넘어가는 변곡지점이
정서의 항상성이기 때문이다.

행복

행복을 추구하는 두 길이 있다.
한 길은 치심을 중심으로 탐욕을 바라는 마음을 일으켜
'재·권·명·애'를 통해 얻는 다양한 즐거움을 추구하는 길과

다른 하나는
지혜를 닦고 소욕지족의 길을 알고 얻는 행복과
궁극적으로 존재의 틀을 벗어나
무아의 경지에서 얻는 행복을 추구하는 길이다.

굳이 '재·권·명·애'를 통해 얻는 것을 우익
소욕지족과 무소유 무아의 행복을 추구하는 길을 좌익이라 한다면
좌우의 균형을 맞추려는 것이 생활수행인이며
좌익의 날개를 강하게 키워가는 것이 전문 수행인이라 하겠다.

그러나 좌우의 균형을 맞춰 세상살이를 하고 세상 존재들과 섞이며
좌익의 가치와 행복을 통해 우익의 행복을 절제해 가는 문화를
함께 만들어가는 것이 보살도이리라.

의식의 수직 이동

차원을 경험하는 것
일상적인 자신의 마음 상태를 벗어나
다른 차원의 의식상태를 경험하는 것
이것은 자신의 삶을 높여가는
핵심고리이다!

체험에는
수평적 체험과 수직적 체험이 있다.

성숙에 필수적인 요소는
의식의 수직적 체험이다.

다양한 나라들을
여행하고 다양한 문화를
체험하는 것은
수평적 이동을 통한
자기성숙과 성장요소들을
만나는 것이다.

그러나
공중을 날아올라
지구를 한눈에 바라보고
대기권 밖을 날아
다양한 소행성들과
우주 공간을 보고 체험하는 것은
전혀 다른 차원의 경험이다.

이 수직 이동과 같은 수직적 의식을
스스로 체험하지 않고는
성숙한 인간이 되기 어렵다.

사람은 변하지 않는다.
사람들에게 이리 치이고
저리 당하다 보면
인간 자체의 변화성숙에 대하여
회의에 빠지게 한다.

수평 이동만을 다양하게 하면서
얻은 지식과 체험은 성숙에
전혀 도움을 줄 수 없다.

의식의 수직 이동을
수시로 할 수 있는
자기 수행을 진정으로 하지 않고는
성숙한 인간이 되기 어렵다.

의식의 수직 이동을
가능케 하는 것이
명상수행이다.

빠짐

빠진다는 것!

우울함과 슬픔에 빠지고
분노와 복수심에 빠지고
불안과 권태로움에 빠지고
절망에 빠진다.
빠진다는 것은 불행한 일이다!

그러나
무엇에 빠지는가에 따라 다르다.

의지와 무관하게 흙탕물에 빠질 수도 있고
의지와 의도를 갖고 맑은 물에 빠질 수도 있다.

더욱 오염될 수도
오물을 씻어낼 수도 있다.
그러나 빠짐은
늘 나의 의지와 무관하게

어떤 조건이 되면
일어나는 생각과 느낌에 빠져버린다.

의지와 무관하게
조건적으로 일어나는
빠짐으로부터 벗어나기 위하여
의지와 의도를 갖고
고요와 평화에 빠지는 훈련을 거듭하는 것이
명상이며
깊이 빠지는 것이
선정이다.

고요와 평화의 맑은 물을
스스로 길어 올려
푹 빠져 보는 것.
고요한 설렘이 기다리는 곳.
그곳에 늘 매일매일 있다 보면
악조건에서 생겨난 생각 느낌에 빠지지 않고

그것을 다루어
멀리하고
놓아버리고
내려놓고
소멸할 수 있는
힘과 길이 열려간다.

매일매일
그 의도적인 고요와 평화에 빠져 보면
불편하고 오염된 빠짐에서
자유로워지기 시작한다.

그리고
고요와 평화
충만함과 설렘은
그 길을
더욱 깊게, 넓게, 단단하게
일구어 간다.

내 안의 적

자신의 집착구조를 찾아내는 것은
자신 안의 적을 찾아내는 것이다.

집착구조는 나를 나답지 못하게 하며
나로 위장하고 있는 유사한 나다.

나로 위장하고 있는 집착구조는
나를 고통스럽게 할 뿐 아니라
나를 파멸의 길로 끌고 가기에 내 안의 적이다.

나를 진정 사랑하는 것을 방해할 뿐 아니라
타인을 진정 이해할 수 없게 하여
나와 남을 파국으로 치닫게 하고
관계를 허물어 버린다.

내 안의 적을 찾아내는 것은
시급한 일이다.

과일 껍질

일상에서
사람들과 생활하다 보면
서로 불편한 점을 발견하고
불편함과 못마땅함을 지적하기도 하고
당하기도 한다.
그러다 보면 마음이 상하기도 한다.

과일을 먹을 때
거친 껍질을 까내고 먹는 것이
달콤새콤한 과일맛을 즐기기에 좋다.
그러기 위해서는
껍질을 깎아내는 수고를 감수해야 한다.

그러나
영양분을 생각한다면
껍질째 먹는 것이 건강에도 좋다.
사람들과의 관계에서도
이와 같다.

서로의 불편한 점은
마치 과일의 껍질과 같다.

이 껍질을 서로 나누되
이해하고 소화하여
서로의 자양분으로 삼을 수 있을 때
마음 근력이 강화되어
관계의 인연에서 오는
복과 행복을 누릴 수 있다.

그리고 성숙을 기대할 수 있다.

내 안의 나

내 속에는
과거와 현재 미래를
종횡으로 치달으며
보람과 후회로
뿌듯해하고 기뻐하고
증오하고 번민하며
두려워하는 존재가 있다.

그래서 나와 남을 가르고 분별하며
내것 네것을 따지며
손익을 계산하는 '나'가 있다.

그런가 하면
그저 고요하고 평화로워
무엇이든 있는 그대로 보며
무엇이든 빨아들여
고요하게 하는 '나'가 있다.
이 고요를 경험하면

더욱 평화로워져
나와 남을 가르고
분별하는 어두운 협곡에서 뛰어올라
협곡을 발아래 두고
창공을 나는 자유를 경험하게 된다.

이 고요를 가끔 경험하는 것은
잠시 꿈처럼 고향을 찾은 것이다.
이러한 경험을
지속적으로 밀고 가는 힘을 기르는 것이
명상수행이다.

내 안에 이러한 고요와 평화가
있음을 알고 믿는 것.

그리고 현재의 나의 의도와 언행이
미래를 만들어간다는 인과를 믿고
현재를 밀도 있게 사는 것이
명상수행이다.

스스로 훈련

훈련되지 않은 몸은
몸의 한계를 뛰어넘지 못한다.
올림픽에서 자신의 한계를 극복하고 메달을 목에 건 선수들은
모두 피나는 훈련으로 메달의 영광을 걸게 된 것이다.
그를 그 자리에 서게 한 것은 바로 훈련이다.

몸이 그러하듯
마음 또한 훈련을 통하지 않고는
마음의 한계를 넘지 못한다.

몸과 마음의 한계인
어떤 상황만 되면
도저히 참을 수 없어
주저앉고 싶고 포기하고 싶어
숨이 차고 넘어갈 듯하며
시야가 흐릿해지는
깔딱고개를 만나게 된다.

평소의 훈련 효과는
이러할 때 나타난다.
훈련은 실전과 같이
실전을 훈련처럼 할 때
자신의 한계를 넘고 넘을 수 있다.

심근력을 끊임없이
강화하고 확장하는 훈련을 하여야 한다.
심근은 자각력과 감내할 수 있는 용량이다.
이 훈련이 수행이다.

수행은
스스로 훈련하려
마음 내는 것부터 시작이다.
지도와 스스로 훈련이 결합할 때
깔딱고개를 넘고 넘어
활짝 펼쳐진 막힘 없는 하늘을 보는
평화로움을 경험하게 된다.

일상에서

일상에서
심한 심리적 갈등과
생존을 위협하는 두려움이 닥쳐와도

그 두려움과 위협을
초연히 바라보며
평정심 잃지 않고
일상을 경영하기란 쉽지 않다.

그러나 수행의 목적은
이러한 심한 갈등을
거리를 두고 초연히 관조하고
집중적으로 반조反照하며
배움을 잃지 않고
핵심적 내용을 스스로 배워 알아
체득하여 가는 것이리라.

오늘도

숨결에 밝은 눈 달아
걷거나 서거나 앉거나 눕거나
쉴 새 없이 비추어 본다.

두려움과 슬픔
깊고 아린 아픔이 있지만
거리를 두고
스스로 만든 공간의 밀도에 힘입어
미소짓는다.

아린 아픔의 주인공들에게
하늘의 가피加被 있으라.

신심

신심은
믿는 마음이다.

믿는 마음은
마음의 평화의 기초가 된다.

신심이 다 좋은 것은 아니다.
바른 신심이 바른 마음의 평화를 만들기 때문이다.

올바른 신심은
내 안에 맑고 진실하며
무한한 포용의 힘이 있음을 믿는 것이며

그러한 내 안의 힘이
수많은 인연에 의해 가리워지고 오염되어
다만 지금은 잘 드러나지 않고 있음을 믿는 것이다.

그래서 올바른 지도를 만나

그 힘을 더욱 알고 믿는 것이며
잘못된 인연들을 정리하고
정화하여 가는 과정이 수행임을 아는 것이다.

그 과정에서 신심을 내고
그 신심의 핵심내용을 늘 기억하고 새기며
생활화해 가는 과정이 다음으로 진행되어야 한다.

그래야 그 신심이 살아
내 안에서 힘을 발휘하여
불퇴의 힘으로 나를 성장시켜 간다.
오락가락하면 매번 한자리에 있게 마련이다.

그것은 자신을 불신하고
그러한 불신은 마음의 평화보다는
회의와 불편한 삶의 불안과 허무로 이어져
잘못된 쾌락과 희롱에 빠져 시간을 허비하게 된다.

너그러움

너그러움은
넉넉함이 드러난 모습이다.

넉넉함은
넉이 둘이나 반복되며
넉의 곱을 말한다.

넉을 강조하고 있다.

넉은 얼과 같은 의미이며
넉과 얼은 불성근원을 의미한다.

근원이 드러난 자는 넉넉하며
너그럽다는 말이다.

너그럽지 않은 사람을 만나거나
넉넉하지 않은 공간에 있게 되면
불편하다.

편협하고 인색하며
감정적이고 자기중심적인 사람은
넉넉할 수 없다.

협소한 공간 또한 여유를 느낄 수 없다.

마음의 여유 넉넉함은
근원과 일치하거나
적어도 근원의 에너지가 올라온 상태
즉 자각력이 작동하여
깨어 있는 상태를 말한다.

늘 넉넉하여
너그러운 자 되는 것
이것이 수행의 목표 중 하나다.

바다

그는 태곳적부터
본디 받아들이기를 즐겨하여
받아 바다가 되었다.

산은 쌓아 올리기를 좋아하여
쌓은 산이 되었다.
산도 뭇 생명들을 키우나
뭇 생명들의 본고향은 본디
바다라 할 수 있다.

뭇 생명들은 본고향의 기후와 토질을 타고나는 법이다.

본디 인간다움이나 생명다움은
바다그리움 받아들임을 본성으로 하였으나
알 수 없는 어느 때부터 집착과 자기만의 고집으로
바다스러움과 바다그리움을 잃어버린 가련한 존재가 되어
서로를 상대하고 편 가르고 적대하는 존재로 사는
죄 많은 존재가 되었다.

산은 바다를 품지 못하나 바다는 산을 품을 수 있다.
산은 학문이나 지식을 말하고 바다는 수행이나 도를 말한다.
그리하여 학문은
지식을 쌓고
수행과 도는
버리고 수용하는 것을 말한다.

도를 닦는 것은 가벼워지는 것
그러기 위해 버리고 수용하는 것
애써 버리려 하지 않아도
받아들이면 마음의 평수가 넓어져
결과적으로 비운 결과가 되어
비우게 됨이 수용, 바다의 원리이므로

정정명상正定冥想 하고 수용하다 보면
산을 품는
큰 바다 되리라
큰 꿈 가져 본다.

거센 흐름

마음을 보지 못하는 사람들은
자신의 감각적 욕망과 분노
그리고 그릇된 견해에 가리워져
무엇을 잘못했는지
무엇이 죄인지에 대해
알지 못한다.

자신 안에서 일어나는 감정과 욕망 견해 등
자신 안의 온갖 마음 작용과 몸의 작용이
당연하다거나 정당하다고 항변한다.
아직은 무지의 깊은 잠에 들어있는 것이다.

이제 조금 수행력이 오르며
무지의 잠에서 실눈을 뜨고 보면
자신의 실상이 보이거나 합리화하고 정당화하던
부끄러운 모습을 보게 된다.

수행이 한 단계 오를 때이다.

모든 이들이 감각적 쾌락에 대한 욕망의 거센 흐름과
존재에 대한 탐욕의 거센 물결
생각과 입장 견해의 거센 흐름에 떠밀려간다.

마치 장맛비로 흙탕물 치는 강물에 떠내려가듯
흐름을 벗어나는 힘을 키워
흐름을 벗어날 수도 탈 수도 있는
힘을 키우는 것이 명상수행이다.

이 글을 읽고 공감이 된다면
반가운 일이다.

마음의 주인 1

우리들 마음에는 여러 마음이 있다.
마음이라는 것은 욕망에 따라 생기고 사라지니
욕망만큼 많은 마음이 내 안에서 일어나고 사라진다.

이 많은 욕망과 욕망에 따라 일어나는 마음 중
어느 것을 마음의 총지배인으로 할 것인가가 관건이다.

대부분 욕망의 용량이 고만고만 하다면
내 마음 나도 몰라 우왕좌왕하게 된다.
늘 가장 센 욕망을 배경으로 한마음이 주동하게 되니 말이다.
어떤 마음이 가장 큰마음인가에 따라 그 존재의 정체성이 정해진다.
따라서 많은 내 안의 욕망 중 어떤 것에 초점을 맞추고
집중하는가에 따라 고만고만한 마음 중의 하나가
점점 세력을 키워 마음의 총지배인이 되게 마련이다.
어떤 욕망이 총지배인 노릇을 하는지
탐구해 보아야 한다.

내 마음의 총지배인을 무엇으로 할 것인가를 정하는 것도
명상수행의 한 과정이며

정해진 그 마음에 집중하여 그 마음의 힘을 키우는 것이
명상수행의 다음 단계이다.
그리고 그 마음이 가장 큰 세력이 되어
나의 마음을 총 통솔하고 지휘하게 하여야 하는 것이
다음 단계의 명상수행이다.

나의 정서를
항상적이고 안정적이지 못하게 하는 조무래기 마음들을 달래고
때론 준엄하게 엄단하는
내 안의 통솔자가 건강하고 명확하게
그리고 자비롭게 활발하게 살아 움직일 때
나는 마음의 주인이 된다.

그러나 그 총지배인의 내용이 무엇인가가 매우 중요하다.

그 내용을 무엇으로 하는가가 또한 명상수행의 방향과 힘을
지속 키울 수 있는지, 아니면 중간에 주저앉을지를 규정하는
생명선이기도 하다.

마음의 주인 2

마음의 주인이 되어
마음을 조종하게 되면
몸을 조종하게 된다.

마음을
스스로 움직일 수 있는 힘을 키운다면
몸의 주인은 마음이므로
몸을 조종하여 물질의 한계를 뛰어넘는
작은 경험들을 무수히 하며
삶의 자신감을 갖게 된다.

자각과 정정을 매일 매일
정성으로 한다면
이는 어려운 일이 아니다.

산다는 것

수행을 한다는 것은
지속적으로 자신의 마음 상태를 자각하고
정정하여 가는 것이다.

자각하고 정정하다 보면
몸과 마음이 고요해지고 맑아져
인연의 실상과 본질을 더욱 맑게 볼 수 있게 된다.

그러다 보면
마음은 더욱 차분해지고 고요함이 지속된다.
이 고요함이 깊은 마음의 본성을 올라오게 하여
정서의 안정이 지속되고 설렘이 지속되기도 하고
때론 슬픔이 잔잔하게 올라오며
뭇 생명들에 대한 측은지심이 올라온다.

아무리 즐겁고 기쁜 일이라 하더라도
종래 남게 되는 깊은 외로움과 공허감과 같은 허기가
뭇 생명들을 또다시 덧없는 인연들에 끄달리게 하고

다시 공허함과 외로움에 시달리게 한다.

그러한 허허로움을 달래기 위해
너 나 할 것 없이 많은 존재들이
또다시 무리한 욕망에 사로잡혀
갈등과 좌절에 빠지고 시달린다.

이러한 실상을 알게 되면
잔잔한 슬픔이 오르며
생명 전반에 대한 자비의 마음이 올라온다.

그러다 보면
가까운 인연들에서
다하지 못한 정성에 대하여
감정과 분노와 짜증으로 대했던 인연들에 대하여
참회의 마음이 올라온다.

울먹이던 모습
난처해 하는 모습
아파하는 모습

우울해하는 모습 등등

그들 모두에게 더욱 정성으로
너그러움으로 대하지 못한 마음을 참회하게 된다.
그리고 크고 작은 주변의 인연들에 대하여
감사의 마음이 올라온다.

결국 산다는 것은
참회와 감사의 일이 다일 듯하다.

맑음에 집중

의식이 몸을 초월할 때
기적이 일어난다.

의식의 집중으로 힘이 비축되어
의식은 힘이 강해져 몸을 조정하여 간다.

몸은 한없이 가벼워져 물질로 된 몸이나
물질 스스로의 한계를 단계별로 뛰어넘어
가장 최적의 조직상태로 복원된다.

생명의 최적 상태가 되어
자신의 맑고 밝은 의욕을 생기게 하고
다시 그 의욕을 향해 집중하게 하여
더 진화하고 가벼운 몸으로 나아간다.

의식이
맑고 밝은 향심向心으로 향하지 않고
무거운 욕망으로 향하면

몸은 더욱 무거운 물질성으로 가라앉으며 무거워져
물질계의 한계에 갇히게 된다.

이러할 때
우울함 나태함 침체됨이 엄습한다.
무거운 물질이 한없이 가라앉고 침잠하듯이
일상은 무거움을 벗어나기 힘들다.

밀도 있는 삶

밀도 있는 삶, 속도 있는 삶이란
바쁘고 분주하게
그리고
많은 일을 성취하며 사는 삶이라고
착각할 수 있으나
잘못된 견해다.

밀도 있는 삶이란 일을 하든 쉬든 무엇을 하든 간에
자기 내면의 통합된 질서를 지켜내며 정서의 항상성,
정서의 안정성을 지켜내는 일상이자 삶이다.

아무리 많은 일을 성취하고 성공하였다 하더라도
그간에 정서가 깨지고 항상하지 않았다면
성취감은 원망과 후회 또는 자신의 자만심과 오만함을 키우는
어린 자아의 준동의 조건만 강화한 꼴이다.

참다운 속도와 밀도를 견디는 몸과 마음을 만들지 않으면
이러한 밀도를 견뎌내기란 쉽지 않다.

몸의 청정함과 마음의 청정함만이
이러한 몸과 마음의 질서를 만들어
그러한 상태를 견디어내고
마침내 그러한 상태에 고요히 머물 수 있다.

그간의 자기 잘못을 성찰하고 참회하는 속도와 밀도
그리고 깊이와 폭이
이러한 몸과 마음의 질서를 만들어
정서의 항상성을 지켜내는 힘으로
작용하게 된다.

왜곡된 몸을 청정하게 교정하게 하는 것도 이러한 과정일 뿐이다.

빛이 사라지면

빛이 사라지면 어둠이 온다.
정한 이치다.

마땅히 빛을 들고 밝혀야 할 자가 빛을 들지 않는다면
세상은 어둠이 차게 마련이다.

해가 사라지면 달이 뜬다.
어둠 속에서도 빛이 있음을 잊지 말라는
천지의 배려이다.

우리의 내면도 이러하다.

근원의 빛을 들지 않으면
한낱 일시적 효과에 지나지 않는
가치관 경험 활용의 대상에 지나지 않는
성격과 기질이 스스로 빛인 줄 알고 나서게 된다.

근원의 빛이 사라진 공백은

물성과 한낱 지성에 지나지 않는 지식과 정보가
판을 치게 마련이다.

내면도 이와 같을 뿐 아니라
세상 또한 사람들의 의식 수준을 반영한
현상이기에 그러할 것이다.

빛을 들어야 할 자가 빛을 들지 않는다면
어둠이 그 틈새 비집고 들어찰 것.

나는 빛을 소지하고
빛을 발하고 있을까.

활용의 대상과 일시적인 존재의 것들이
영원한 것처럼 내 안에 기생하고 있지 않나
빛 들어 살펴볼 일.

바람 허수아비

주유소나 식당 술집 등의
상점 앞을 지나다 보면
바람 허수아비가 공기의 세기와 압력에 따라
앉았다 일어서기도 하고

두 팔을 너울거리며 부르고 인사하는 듯
현란한 춤사위로 사람들의 관심을 끈다.
마치 살아있는 것처럼.

그 허수아비에게 바람의 공급을 중단하면
금세 주저앉아 바닥에 널부러질 것이다.

그 허수아비를 살아있는 존재로 착각하게 하고
마치 어떤 의미가 있는 듯한 몸짓을 하게 하는 것은
쉼 없이 돌아가는 모터에서 공급되는 바람이다.

기실 살아있는 사람들도 욕망이라는 바람이
끊임없이 공급되기에

움직이는 욕망의 허수아비들이다.
욕망의 공급을 중단하면
과연 사람들은 어떻게 될까.
바람 허수아비처럼 주저앉고 널부러질까.

한순간을 살더라도
욕망의 허수아비가 아닌 존재로 존재하다가
사라지는 존재가 되는 것이 명상수행.

욕망을 해탈의 꿈으로 승화하여
맑고 밝은 존재로 기화하는 힘을 키우는 것이
명상수행의 길.

불안한 행복

어떤 대상으로 인한 행복감을 느끼거나
만족감과 즐거움을 느낀다면

그 행복이나 만족감과 즐거움은
언제 변할지 모르는 불안이다.
세상의 대상들은 무상하여
언제 변할지 모르기 때문이다.

어떤 대상사람 돈 명예 권력 등 때문에 행복하다면
언제 침몰할지 모르는 구멍난 배를 타고
망망대해를 항해하는 것과 같다.

명상수행은
대상에 의한 행복이 아니라
대상 없이 스스로 행복하여
충만해지는 것이다.

대상에 대한 행복감이나

만족감의 한계를 알고
현실에서 그것을 향유하되,
그 변화와 무상함이 가슴을 후벼파
괴로울 때,

빠르게 근본적인 행복으로 그 공허함과
상실감을 메꾸어야 한다.

이것이 명상수행이다.

마음 바탕에는
근본적인 행복감과 충족감을 느끼고,
안전하게 항해하는 선장이 되는 것이
명상수행이다.

안정화가 위협받을 때

내 안에서 마음의 평화가
일렁이거나 깨졌다면

정서의 안정화가 위협받거나
허물어졌다면
마음의 걸림이 생겼다는 것이다.

이 걸림을 빠르게 발견하고^{알아차리고}
이것이 마음의 걸림임을 알아야^{자각, 覺} 한다.

이 걸림이 자각되면
서두르지 말고 침착하게 천천히
그러나 집요하고 집중적으로 관찰하고 추적하여
소멸 승화 연소시켜야 한다.
연소시켜 걸림 이전의 본마음^{정서의 안정된 상태}으로
돌아가야 한다.

이것이 일상수행이며 명상이다.

포기하거나 멈추지 말고
호들갑을 떨며
급작스럽고 가볍게
허무하게 움직이지 말아야 한다.

아주 서서히 집요하게 주시하며 연소시켜
평안한 마음으로 되돌린 다음
평안한 마음으로 대응하거나 움직여야 한다.

깊은 명상

깊은 명상^{선정}에 드는 것은

가장 맛있는 음식을 먹는 것이며
가장 즐겁고 행복한 일이며
가장 보람 있는 일이며
가장 복된 일이며
가장 깊은 사랑과 자비를 경험하는 일이며
가장 성공한 일이며
가장 현재에 깨어 있을 수 있는 일이며
가장 지적의 행복과 힘을 기를 수 있는 일이며
가장 큰 미래가 보장되는 일이다.

그러나
누구나 아무나 애쓴다고 되는 일도 아니다.
인연이 있고 지도가 있으며
지순성실한 수행만이 이 일을 보장한다.

잠시 맛을 보고

쉽게 싫증과 게으름
의심과 감각적 욕망에 시달리는 이들은
깊이, 더 깊이, 들어갈 수 없는 세계다.

숨길

호흡이 편치 않거나
깊게 쉬어지지 않는다면

세상에 대한 이해와 수용력의 부족으로
내 안에서 부딪힘이 있었고

그로 인해
몸의 어딘가가 막혀 있음이다.

이것은 살아온 세월
아니 전 전 아주 오랜 세월부터
세상과의 관계에서 상처를 주고받으며
차곡차곡 쌓아온 원망과 분노, 상실과 슬픔,
패배와 열등감 등의 왜곡된 의식이다.

이것이 몸에 표적으로 남아
숨길을 막고 있음이다.

명상수행은 차분한 자각과
깊은 자비와 사랑으로
이러한 것들을 보듬고 바라보며
한 가닥 한 뜸씩 풀어가는
자신 안의 매듭 풀기다.

자신 안의 매듭을 풀고 세상과 매듭이 풀려
자유자재한 존재 되는 것.

몸의 진화

명상을 깊게 하다 보면
과거 의식의 미성숙과 왜곡으로 빚어진
몸과 마음을 또렷이 자각하게 된다.

자각력을 잃지 않고 집중하다 보면
축기縮氣 하게 된다.

기운이 집적 집중되게 된다.

그러고도 한참을 집중하다 보면
축기가 충분하게 되었을 때
천둥치듯 힘이 집중되며
환희심과 함께 왜곡된 몸이 번개치듯 풀리고
개운함과 후련함이 동시에 밀려온다.

물론 이것으로 끝나는 것은 아니다.

이러한 과정이 수없이 반복되며

누적된 업장과 왜곡이 풀리며
자기다움이 드러나는 것이다.

진정 자기다움이란
왜곡으로 가리워지고 뒤틀린
껍데기를 벗는 것이다.

많은 이들이 껍데기를
자신의 알맹이로 착각하고 고집한다.
고집할 뿐만 아니라 덧칠까지 하여
왜곡의 두께를 더욱 두텁게 한다.

깊은 자각과 통찰만이
자기다움을 알아볼 수 있는 혜안을 갖게 한다.

어리석은 자들은 게으름
두려움과 자존심 지식 경험
자기만의 감정 등으로

수행의 인연을
거부하거나 멀리한다.
이것이 무지이다.

무지한 자들은
자신에게 무엇이 진정 이로운 것인지 알지 못한다.
이들은 끊임없는 지식과 정보나 명예와 물욕으로
또는 상처받은 마음과 분노와 상실감으로
시간과 정열을 낭비한다.
그들은 결코 행복할 수 없다.

원함

자신의 한계를 분명히 긋고 사는 사람들이 잘산다.
이것이 자신을 편하게 하고 현실을 현명하게 사는
한 방편이기 때문이다.
생활에서 자신이 할 수 있는 것과 할 수 없는 것을 분명히 하고
다른 이들과 관계 맺고 약속을 하면
실수할 일도 마음 복닥거릴 이유도 없다.

그러나 마음만은 무한으로 성숙하겠다는 원함으로
한계를 짓지 않는 것이 명상수행하는 이의 본분이다.
무한으로 성숙하겠다는 원함을 갖는 것이다.
무한으로 성숙하겠다는 원함의 심안으로
미개척된 내 안의 무한공간의 수평선을 바라보는 여유를
늘 가져야 한다.

현실의 내 마음은 이 원함을 감당할 수 없다.
그러나 현실의 나의 마음과 이상적인 나의 원함이 상호 영향을 주며
현실을 딛고 이상으로 한 걸음씩 가다 보면
어느새 이상이 발아래 현실로 되기도 한다.

명상수행에 있어서 이 원력顧力이 지속 성숙의 원천原泉이 된다.
이러한 원력은 신비스러운 힘으로 나를 변화시켜 간다.
신비주의는 경계해야 하나 신비함을 잊어서는 안 된다.

스스로 신비함을 경험하고 그것에 빠지지 않으며
신비한 힘을 현실에서 계속 경험하여 가는 것은
어둡고 메마른 현실에서
매일 뜨는 해를 새롭고 신비롭게 보고
그 힘을 끌어쓰는 것이나 다름없다.

많은 이들은 매일 뜨는 해를 당연시하거나
알량한 과학적 지식으로 다 이해한 것처럼 생각하고
더 신비한 것으로 보지 않거나
매일 일어나는 일이니 무심하다.

매일 해가 뜨는 것처럼 매일 내 안에서
나를 숨 쉬게 하는 근원적인 생명력에 대해서도
매일 뜨는 해를 바라보는 것처럼 당연시한다.

어떤 면에서는 아무 생각이 없다.

생명력은 쓰는 사람에 따라 차이가 난다.
별 차이가 안나는 것처럼 보이나
기실은 엄청난 차이다.

현상적으로는 별 차이가 없어 보이나
드러나지 않는 사색과 경험은 나누기가 쉽지 않다.

이러한 차이는 원함의 차이다.
어떤 원함을 갖고 있는가.

잠자리의 상대적 절대 행복

잠자리는 알과 유충 시절을 물속에서 약 1년에서 4년을 보낸다.
물속에서 작은 물고기와 갑각류들을 먹고 자라나
우화羽化의 과정을 거쳐 드디어 넓고 푸른 하늘을 난다.

물속시절은 잠자리에게 있어서
하늘을 날기 위한 준비 기간이자 과정이다.
하늘을 날기 위해서는 일단 뭍으로 나와야 한다.

그러기 위해서 물속에서 육지로 뻗은
나무나 갈대 또는 물풀을 타고
공기 중으로 올라와 물기가 마르길 기다린다.
딱딱한 자신의 몸을 서서히 뚫고
이미 자라나 하늘을 날 수 있는 꿈꾸던 자신의 모습을
드러내야 하는 우화羽化의 힘들고 위험한 과정을 거친다.

유충 시절의 몸인 딱딱한 자신의 몸을 스스로 갈라 드러내는
힘든 작업이다.
머리를 들어 올려 하늘을 보고
다음은 날개 달린 몸통을 들어 올린다.

이 과정이 거의 반나절이나 걸린다.

그리고 나머지 꼬리를 들어 올려

물기를 말리고 드디어 날고 싶었던 하늘을 향해 첫 비행을 한다.

숙달되면 거침없이 날아 1시간에 100km까지 날수도 있다.

물속에 있을 때와는 비교도 안되는

넓디넓은 공간을 거침없이 날아다닐 수 있다.

인간에게 자존심이란

잠자리에게 있어서 유충 시절이나 마찬가지다.

자존심이라는 딱딱한 막이

하늘을 나는 자유를 가로막는 가장 큰 장애다.

자존심을 극복하는 순간,

잠자리가 우화과정을 거쳐 날개를 다는 것만큼이나

자유로운 존재로 나아가는 가벼운 몸이 된다.

자존심은 자신을 가두는 생각과 느낌을 생산하는 칩과 같다.

자존심을 뚫고 좀 더 넓은 하늘을 날아올라

절대 시공의 차원에 존재하기 위해

끊임없이 도전하는 수행의지 수행력을 기원하여 본다.

자존심

대부분의 사람은 꿈과 희망을 품고 산다.
이것이 삶의 동기이자 동력이 된다.
자기 삶의 동기나 목표가 실현되면 자신에 대한 긍지와 뿌듯함이
자신만의 존재의식을 갖게 하는데 이것이 자존심이다.
소위 레벨의식이라 할 수 있다.

자신은 사회에서 성공한 사람이라거나 상류층이라고 생각하며
어느 정도 일정한 사회적 지위를 갖고 있다고 생각한다.
이것에 걸맞은 대접과 대우를 바라며
이것이 충족되지 않으면 즉시 마음이 상하게 된다.
그리고 즉시 공격적인 에너지가 나온다.

자신의 존재의식 속에 아직 충분히 연소하지 않은 자존심이라는
욕망의 찌꺼기가 언제든지 화를 위해 단단히 쌓여있기 때문이다.
사회적으로 성공한 이들도 언제든 터질 준비가 되어있는
허약한 이들이다.
반면에 자신의 꿈과 희망이 좌절되면 분노가 내면에 있게 된다.
분노를 갖는 이들은 긍정적인 사고를 하기가 어렵다.

긍정적인 사고란 종합적인 사고를 바탕으로 가능성을 바라보며
자신과 타인을 객관적으로 볼 수 있고 서로 격려하며
일상을 경영하는 능력이라 하겠는데 분노를 가지고 있는 이들은
분노로 왜곡되어 전체와 부분을 균형 있게 볼 수 없다.

이로 인해 매사에 불만과 불평을 늘어 놓으며
자신에게 맡겨진 일을 성실하고 균형 있게 이루기 어렵다.
자존심의 틀에 갇혀 마치 자신의 영역을 지키려는 불안한 짐승처럼
상대행복의 불안한 그늘에 있기 때문이다.
좀 더 넓은 초원으로 나아가야 한다.

좀 더 높고 넓은 절대행복을 향하는 길에 들어서려는 의지만으로도
그들은 자존심이라는 자신의 족쇄로부터 자유로워진다.
이러할 때 진정한 진리의 길로 들어서 절대 행복의 길을 가게 된다.
내 안에 아직 타다 남아
완전 연소하지 않은 욕망의 찌꺼기가 있다면
근원의 에너지로 완전히 연소하여
맑고 밝은 내면을 매일매일 열어가는 일상 되길 기원한다.

더 깊은 명상을 위하여

스스로 무례한 것 중 가장 으뜸은 화내는 것이다.
화를 낸다는 것은 대상이 있게 마련이다.
대상에 대하여 화를 내기 위해서는
자신 안에서 먼저 화가 발생하게 된다.

내 안에서 화가 나는 순간 이미 자기 자신에게 무례를 범하게 된다.
스스로 화를 내는 순간 화의 화력은 먼저 자신의 몸과 마음을
태우며 상대에게 날아가기 때문이다.

화나게 한 대상에게 앙갚음하고 싶은 마음이
화풀이 상대에게 주고 싶은 양의 몇 배의 상처를 나에게 낸다.
화는 날카로운 칼날이 되어
내 마음의 속살을 깊이 스쳐 베며 상대에게 날아간다.
화가 난 대상에게 화를 내어 복수하거나 앙갚음하여
시원한 느낌으로 위로받으려 하는 것은
마치 1원의 영업이익을 얻기 위해 10원을 쓰는 어리석은 상인과 같다.
이러한 방식의 사업은 곧 망하는 것처럼 자신을 곧 망치게 된다.
몸과 마음 뿐 아니라 관계까지도
결국 스스로 불행해지는 결과를 가져온다.

자기 자신을 함부로 대하는 것이 화의 근원적인 문제이다.

그런데 문제는 이러한 화풀이로 잠시동안 자신의 시원한 느낌에 속아

자신의 깊은 내상을 자각하지 못하는 데 있다.

오히려 이것이 습관이 되어 같은 조건이 되면

똑같은 언행을 반복한다.

반복된 언행은 습이 되어 고착되고

내면에서 시스템화하여 화의 샘이 된다.

화의 샘은 조건만 충족되면 언제든 즉시 문을 열어 화의 에너지를

따발총처럼 분출하게 된다.

시간이 가면 갈수록 이것은 내면에 숨겨져

제압되거나 제도되지 않고 더욱 강화되어 간다.

이러한 화의 에너지를 근본적으로 없애기 위해서는

스스로 자비 수행을 하여야 한다.

첫째, 스스로에게 자비로운 마음을 갖는 것이다.

스스로 행복하기를 바라고, 고통이 없기를 바라며

누구에게도 원한이 없기를 바라며

악의가 없고 근심이 없기를 바라며

집중하여 자신에게 스스로 자비의 마음이 충만하게 한다.

그런 다음 차츰 자비의 마음이 타인에게 향하도록 하여간다.
내가 이리 소중하고 행복하고 싶은 만큼
타인도 이러할 것이라는 자각과 함께
그들에게도 자비의 마음을 깊이 갖는 것이다.

둘째, 자비를 쉽게 일으키기 위해서
마음에 들고 존경하는 스승이나 스승에 필적할 만한 분,
그러한 분들의 좋은 말씀이나
존경과 존중을 일으키게 하는 글을 계속 생각하며
이러한 분께서 행복하시길 고통이 없으시길 바라며
자비를 닦아간다.

이것이 충만하여지면 다음으로
셋째, 아주 좋아하는 친구에 대하여, 가족에 대하여
첫째와 같은 방법으로 그들이 행복하길 바라며 자비수행을 한다.
이것이 충분하여지면
넷째, 나와 무관한 사람들에 대하여 자비수행을 하여간다.
이것이 충만하여지면

다섯째, 내가 싫어하는 유형이나, 만나고 싶지 않은 사람

그리고 나와 원한관계에 있는 사람에 대하여 자비를 닦아간다.

나와 원한 관계에 있거나 이해관계에 있는 이는

몹시 어려운 상대이기에

첫째와 둘째 셋째 넷째를 충분히 연마한 다음 하는 것이

적절할 것이다.

다섯째가 잘 안되면

다시 처음부터 차례로 정정명상과 함께 반복하여야 한다.

이러한 자비의 마음을 닦는 것은

내가 행복해지고 얼굴이 맑아지며

건강하여 질 뿐만 아니라

깊은 명상에 들어 선정에 드는 길이 열리기 때문이다.

자비가 없는 자는 깊은 명상에 들기 어렵고

따라서 선정에 들기도 어렵다.

잠재된 화가 있는 자는 깊은 선정에 들지 못한다.

이는 불가능한 일이다.

삶의 자세

삶을 대하는 자세姿勢와 태도態度는
삶의 내용과 방향을 결정하는 바탕질서다.
바탕질서란 기초를 다지는 토양과 같으며 기초골격이기도 하다.
사람이나 건물이 서 있는 토양이나 기초골격은 곧게 설 수 있도록
균형 잡혀있고 단단해야 한다.
이러한 바탕질서에 해당하는 것이 앉거나 섰을 때의 몸의 자세다.

앉았을 때 몸의 체중이 한쪽으로 기울도록 장시간 앉는 습관을 들이면
필연적으로 몸의 변형이 오게 된다.
이것은 건강하고 집중력 있는 사고를 하지 못하게 하는
요인으로 작용할 뿐 아니라 각종 질병을 유발하게 한다.
이것은 몸에 대한 태도와 자세를 말하는 것인데
몸은 의식의 반영체로서 자신 안의 속뜻이 나타난 모양이며
몸의 자세와 태도 또한 마찬가지다.
따라서 자신 안의 속뜻을 어떻게 갖는가가 또한 핵심적이다.
첫째, 자신과 자신에게 주어진 하루라는 시간과 에너지를 대하는
태도와 자세
둘째, 일과 타인을 대하는 태도와 자세다.
자기 삶의 내용을 정하는 첫째와 둘째를 점검하여 볼 일이다.

예를 들어 첫째에서 하루를 어떻게 시작하고 있으며 자신을
대하는 데 있어서 스스로 예禮를 다하고 있는지 점검하여야 한다.
스스로 무례無禮한 자는 일과 타인을 대하는 태도 또한 무례하다.
스스로 무례하다는 것은 스스로 존엄한 존재로서
자신을 진정으로 높이지 못하는 태도를 말한다.
무례란 근원의 입장에서 보면 표상중심의 사고나 태도
또는 심층 중심의 사고나 태도를 말한다.
자신의 자존심을 지키기 위해 무리하게 자신의 감정이나 생각을
주장하거나 실현하다 보면 자신의 자존심은 지켰겠으나,
얕은 자존심을 지키느라
진정한 자신의 자존감은 잃어버리는 경우가 다반사다.

이것이 스스로에게 무례한 행위다.
많은 이들이 스스로에게 무례하다.
무례한 만큼 삶이 균형을 잃어 불균형적인 삶을 산다.
이것이 불행이다.
좀 더 깊은 차원의 자존감을 찾아 그것을 채워간다면
그것이 행복한 것인데, 얕은 행복을 추구하다
좀 더 깊은 행복을 잃어버리는 우를 범하게 된다.

자기 생각과 감정에 속아 겉치레에 끄달리다
정작 깊은 예를 잃어버려 결과적으로 스스로에게 무례하게 되어
스스로 슬픈 상처를 만들게 된다.

이러한 슬픈 상처로부터 벗어나는 길은 여전히 수행력의 증진이다.
수행력이란 자신이 지금 무얼 하고 있으며
어떤 상태인지를 아는 자각력과
자각력의 밀도를 높여 순일하게 작용하게 하는 심력이며
이것이 일상에서 힘있게 분출되고 활용되게 하는 기력이며
이러한 심력과 기력이 보장되면 체력이 보장되어
이러한 힘을 바탕으로 타인을 포함한 외부세계와의 관계를
건강하고 균형 있게 맺을 수 있는 관계력이 형성된다.
수행력의 증진으로 나날이 스스로 예 다하고 더불어 예를 다하는
행복한 관계를 만들어 갈 수 있게 된다.
수행력 증진은 하루아침에 이루어지는 것이 아니라
자신의 삶의 태도와 자세를 하루하루 바르게 세워 가다 보면
어느새 안정감 있는 자신을 발견하게 될 것이다.

불에 달군 철처럼

불에 달군 철을 망치로 때려 도구를 만들듯
근원의 기운으로 몸과 마음을 구워
절대행복으로 나아가는 도구로 만드는 것이 명상수행이다.

달구어지지 않은 철은 망치로 쳐도 펴지지 않는다.
펴지지 않을 뿐 아니라
부러지거나 끊어져 정교한 제 모양을 낼 수 없다.

근원의 기운으로 달구어진 몸은
열에 달구어진 철처럼
쉽게 휘고 곧아져 제 모양이 나와
자기다운 카리스마를 갖게 된다.

제 모양을 갖춘 호미와 쟁기가
대지를 갈아 농사를 짓듯
근원과 함께 제모습을 갖추어
자신의 삶을 갈고 가꾸어 스스로 새 삶 일구시길
더불어 기원한다.

인간은

인간은
광물 같은 물질적 특성과
식물과 동물 같은 생명적 특성이
의식이라는 정신적 힘에 의해 결합된 복합생명체다.

의식의 계발啓發과 개발開發에 따라
광물처럼 존재하기도 하고
식물처럼 살수도 있으며
동물처럼 살기도 하고
인간으로 살 수 있다.
그리고 인간 중에서도 최고의 인간으로도 살 수 있다.

명상수행은
선택력選擇力과 선택한 것에 머물 수 있는
힘을 기르는 것이다.

이러한 자유자재력自由自在力은
성격과 기질에 갇힌 한계를 넘게 하며

자신의 업력의 벽을 뚫고 끊어
새로운 세계로 나아가게 한다.

이러한 특성이
인간의 무한한 능력의 토대다.

인간은 최고의 정체성과
최하위의 정체성을 가질 수 있는 특성이기도 하다.

본인의 선택력에 따라
식물처럼,
동물처럼,
최고의 인간으로 존재하며

신처럼 존재하기도 한다.
그리고 해탈과 열반에 들기도 한다.

도자기

도공에 의해 빚어진 도자기는
불가마에 들어가 구워져 나오기 전까지
모양을 낸 흙덩이일 뿐이다.

유약을 바르고 가마에 들어가
보통의 열이 아닌 1,300도의 집중화된 고열로 구워져야
비로소 도자기의 명命을 갖게 된다.

그래야 물을 담아도 머금지 않고 안전하게 담아낸다.
흙으로 빚었으나 철의 종소리를 내며 빛을 발하는 자기瓷器가 된다.
불이 흙에 들어 빛과 소리의 혼魂이 된 것이다.

온전한 모습으로 빚어졌다 하더라도
불의 기운을 이기지 못해 일그러지거나
주저앉아 비틀린다.
나오자마자 버려지거나 도공에 의해 깨진다.
무사히 제 모습 갖고
태어나는 자기들은 많지 않다.

사람도 불성근원자아의 기운으로 거듭날 때
사람 중의 사람으로 거듭나게 된다.

근원의 힘을 알아
근원의 열기 조종操從하고 조정調整하여
제 모습을 갖고 자신의 명命으로 존재하는 이 드물다.

모든 이는 불성을 갖고 있으나
불성으로 소리와 빛을 내는 이는 드물다.

매일 매일 스스로 근원의 불가마 속으로
들어가 스스로 새로워지고

스스로 정명正命으로 반짝이며 소리내는 삶 되길
기원한다.

유리감옥

성격의 구조에서 나오는
부정적인 기운과 습관은 유리상자와 같다.

일단 그 안에 갇히게 되면 헤어나오기 쉽지 않다.
쉽지 않을 뿐 아니라 모든 가능성과 창조성을 갖고 있는
내면의 잠재력을 가두고 고사시킨다.
이 유리상자는 보이지 않는 감옥이다.

잠재력도 나지만
부정적인 기운이나 습관도 나다.

잠재력이란 깊은 심연에 있기에
웬만큼 정성을 들이지 않으면 드러나지 않는다.
반면, 부정적인 기운이나 습관은 심연에 있기도 하지만
잠재력에 비해 상대적으로 얕은 내면에 있어 쉽게 잘 드러난다.
그리고 쉽게 친해진다.
정작 나에게 이로운 기운과 힘은 멀리 있고
나태함이나 게으름 분노, 짜증, 우울함, 상실감 등은
아주 가까이에 있어 언제든 만날 수 있는 친한 이웃과 같다.

친한 이웃 같으나
나의 잠재력을 억누르고 잡아 내리는 내 안의 어린아이다.
나에게 이로운 것보다는
해로운 것으로 가려 하는 개구쟁이다.
결국, 적이다.

이와 인연 끊고
근원과 깊은 인연을 만들어가는 것이
명상수행이다.

새날을 근원과 함께 열고 정리하다 보면
자연히 이 어린 자아와 결별하여
성숙과 성장의 길목에 탄탄히 들어서게 된다.

내 안의 두려운 나를 경계하며
내 안의 행복을 길어 올리는 통로가 열리는 것이다.

정중의식

우리들의 마음은
오관으로 들어오는 바깥 정보를
자신을 중심으로 이익과 호불호를 판단하고 가치를 부여한다.

이러한 판단과 가치를 부여하는 마음은
홀로 아무런 자극 없이도 산만하고 부산하게 움직인다.
때로는 자신의 원함이나 생활의 경험을 자기 마음대로 조작하여
생각의 거품을 만들기도 하고 꿈으로 나타내기도 한다.

사람들은 예지몽이니 하면서 필요 이상 해석하려 하지만
꿈은 아무런 소득이 없는 의식의 허망한 작용일 뿐이다.
따라서 꿈은 없는 것이 좋다.
꿈을 자주 꾼다는 것은 의식이 맑지 못하다는 것이다.

이러한 의식의 작용을 바닥에서 좌우하는 것이 아집이다.
아집이란 자아라 할 것이다.
자아가 주체가 되어 의식을 오염시킨다.
자아란 모든 의식의 향방을 결정하는 가장 핵심적인 에너지이다.

이러한 의식을 정돈하고 정화하는 것이 정중의식이다.
정중의식은 고요함과 평화로운 상태에서 머문다는 것이다.
이것을 선정이라 하기도 한다.

선정의 수준은 천차만별이지만
호불호나 가치판단, 분별심, 산만한 의식 등의
이러저러한 잡념이 없는 상태에 들어가는 것이다.
자아의 작용이 끊긴 상태에 들어가는 것이다.
이것이 의식의 정화 과정이라 할 것인데
마치 땀과 오물로 오염된 몸을 맑은 물로 씻어내듯이
맑은 의식으로 마음을 씻어내는 것이다.

자각과 정정명상은 이러한 과정을 매일 매일 하여
자신의 오염된 의식을 정중의식으로 변화시켜가는 과정의
핵심적인 수행과정이다.
자아는 편협하고 이기적 덩어리인 아집이다.
이 아집과 각종 지식과 주의 주장으로 가득한
마음의 고집을 정화하지 않는다면

늘 마음은 독자적으로 자신의 의지와 무관하게
끊임없이 산만하게 시공을 초월하여 진동한다.
결국, 이 진동이 자신의 주인이 되어
자신을 진동시키는 결과를 가져오게 된다.

진동하는 마음을 제압하고 자신의 마음의 주인이 되기 위해서
평소 자신이 쓰는 물건을 잘 정리정돈 하듯이
자신의 의식 즉, 마음의 작용이 자신의 통제 하에 들 수 있도록
잘 관리하는 습관이 자각과 정정명상이다.
마치 전자제품을 관리하듯이
물기를 없애고 오물이 침입하지 않도록 해야 한다.

물기가 들고 먼지 등 오염 물질이 낀다면
제 기능을 발휘할 수 없을 뿐 아니라 오작동되기도 한다.

자각과 정정명상을 게을리하면서
또 다른 지식과 어떤 것으로 메우려 한다면
일시적으로 위안은 될지 모르나

결과적으로는 오염원이 되어
자각과 정정의 에너지와 멀어지게 되는
결과를 가져오게 될 것이다.
자각과 정정에너지와 멀어지는 것은
자기다움을 잃어가는 과정이라 할 수 있다.

자기다움을 잃은 자리에는
나태함과 게으름, 안일함, 아집, 고집 덩어리가
덕지덕지 들어차
서글프고 어색하게 늙어가는 자신을 볼 뿐이다.

자각과 정정명상으로
하루하루를
구슬처럼 영롱하게 엮어 꿰어가는
아름다운 나날이 되길
간절히 기원한다.

구름 위의 창공과 태양

아무리 흐린 날이라도
구름 뚫고 오르면 창연히 빛나는 창공과 태양을 보게 된다.
사람이 어떤 기구를 이용하지 않는다면
구름을 뚫고 오른다는 것은 불가능하다.
순전히 자신의 몸으로 구름 위의 태양을 보려면
구름보다 높은 산을 올라야 한다.
구름보다 높은 산을 오른다는 것은
많은 장비와 보조 인력이 필요하다.
그러하고도 자신의 체력 또한 보통을 넘어야 가능한 일이다.

다른 방법은 비행기나 우주선을 타고 오를 수 있을 것이다.
그만큼 구름 위를 오른다는 것은
많은 기술과 힘, 에너지를 요구한다.
마찬가지로 자신 안의 창공을 만나기 위해서는
많은 기술과 에너지를 요구한다.
자신 안의 구름을 뚫고 올라 근원을 보고 만난다는 것은
그리 쉬운 일은 아니다.
그 만남의 수준과 순도 또한 천차만별이다.
자신 안의 장애는 수없이 많다.

장애를 녹여내고 토해내고 걷어내고 뛰어오르고 뚫고 오른다는 것은
참으로 쉽지 않은 과정이나,
사람들은 이론적으로 구름 위에 창공이 있고 태양이 있음을
지식과 상식으로 알고 있다.
그리고 당위적으로 구름 위에 태양이 있으니
구름을 뚫는 긍정적인 마음을 갖는다면
태양을 볼 수 있을 거라고 주장하거나 애쓴다.
그리고 어느정도 효과를 본다.

그러나 정작 태양을 보고 태양의 에너지를 받아
일상의 정서적 안정을 취하는 이는 흔치 않고
그저 위안을 삼을 뿐이다.
그리고 애써 당위적으로 그리 하려고 애쓴다.
애쓰면서 그러한 지식과 개념을 믿고 표현하고 그러려니 하며
긍정적으로 살아가려는 사람들이 많아짐은 좋은 현상이다.
그러나, 정작 창공을 뚫고 뛰어올라 창공의 맑음을 호흡하고
창연히 빛나는 태양을 직시하는 이는 드물다.
그저 자신의 머리로 이해하고 수용한 정도이다.
그리되는 것은 다른 차원의 문제다.

우주선을 타고 대기권을 빠져나간다는 것은
책이나 이론으로 다 안다.
정작 우주선을 타고 그러한 상태에 다가간 이는
극히 소수이듯이 말이다.
명상수행이란 수많은 정신적인 이론들을
말로나 머리로 떠들고 써대는 것이 아니라
자신이 그리되는 것이다.
진리를 말하고 표현하는 것이 아니라
자신이 진리 자체가 되어야 하는 것이다.

천신만고를 견디며 집중하고 집중하여 오르고 오르면
드디어 조금 닿았을 때의 개운함과 후련함은
천 년 묵은 체증이 사라진, 아니 만 년 묵은 체증이 사라진
개운함과 후련함 고요함을 무엇으로 설명하고 표현할까.
참으로 이리 당도하기 어려우니,
수 생生을 두고 수행을 하는 이유를 알게 된다.
뚫린 가슴과 개운한 머리는
어떤 감정적인 찌꺼기와 사고의 틀을 허용치 않을 만큼
고요와 평화의 기둥이 든든히 선다.

바른 집중력

명상수행은 집중력을 높여가는 과정이라 해도 과언이 아니다.
집중하지 않는다면 어떠한 것도 이룰 수 없기 때문이다.
집중력을 비상히 높여 밖으로 향하던 에너지를
자신에게 돌리고 자신이 무엇을 하고 있는지 알고 알았다면
그것을 전환하여 계발하고 개발하여 가는 것이다.

사람들은 쉽게 집중력을 잃어버린다.
자신의 분노에 쉽게 자신을 잃어버리고
갖가지 감정과 생각으로 자신의 집중력을 소진하여
감정과 사고에 빠져 버린다.
그 결과 감정과 사고대로 움직인다.
집중력의 자리에 분노와 증오,
자만심과 아만심 또는 애착심이 들어차게 된다.

이리되면 자신의 감정과 사고가 자신을 끌고 가는 끌개가 되어
그 사고와 감정의 에너지가 소진될 때까지 끌려다니게 된다.
자신을 끌고 다닌 사고와 감정의 에너지가
무상의 원리에 의하여 소진되고

남은 자리에는 허탈함과 자괴감만이 남게 되고
자신에 대한 신뢰를 더욱 잃게 되어
스스로 신뢰하지 못하는 패배감에 빠지게 된다.

이것은 스스로 자신의 한계를 짓고
자신의 한계를 돌파하는 인간승리의 수행길을 가지 못하는
장애가 생기게 된다.

평소의 명상수련은 마치 일상적인 훈련과도 같다.
일상적인 훈련을 잘한 병사가
실전에 배치되어 자신을 해하려 나타난 적병을 알아보고
침착하게 집중하여 조준사격으로 적병을 한 방에 제압하는 것처럼
일상적인 명상수행은 정작 자신의 감정이 요동칠 때
자신의 감정과 사고에 대응할 수 있는
필요한 능력을 배양하는 것이다.

침착하여 집중력을 잃지 않는 사람은
자신에게 어떠한 것이 궁극적으로 이로운 것인지를 안다.

지혜란 진정으로 자신에게 이로운 것이 무엇인지 아는 것이다.
어떠한 감정과 생각이
자신에게 이익되는 것인지를 아는 혜안이 있어
감정과 생각의 주인 되어
자신을 해치는 자기 안의 적인 쭉정이 같은 감정과
사고를 알아내고 걸러내는 힘을 길러야 한다.

자신에게만 집중하고 어떤 감정과 사고들이 움직이는지 알고
정서의 안정성과 항상성을 지켜내기를 지속해서 하다 보면
자신의 감정과 사고 또는 갖가지 욕망으로부터
자유로워질 수 있는 토대가 구축된다.

이러한 토대는
정작 자신에게 이익이 되는지
사고와 감정은 무엇인지
아는 분별력을 갖게 된다.

바르게 보는 힘

바르게 보는 힘, 올바른 견해야말로
바른 사유를 가능하게 한다.

바른 생각을 해야 바른 말과 행동을 하며
바른 직업관과 조직관 인간관계를 맺어간다.
이러한 사람은 자신의 심층에 바른 기억과 경험으로
바른 가치관을 갖게 되어
올바른 생활 바른 수행 용맹정진을 하게 되어
바른 고요와 평화에 이르게 된다.

바른 고요와 평화란 의존적인 것이 아니어야 한다.
돈과 물질 그리고 명예와 권력 등을 얻은 상태에서
안정과 평화를 찾았다면 그것은 바른 평화가 아니다.
그렇다고 무시할 수는 없으나
그것으로부터 해방된 상태에서 자신의 존재 자체로
고요와 평화의 상태가 되어야 한다는 것이다.
이것이 정정이다.
바르게 보는 힘이란

종합적 사고력이라 할 것인데,
물질과 명예 권력 등의 한계를 알 뿐 아니라
그 너머의 것을 볼 수 있는 시력,
이것이 정견이다.
이것이 바르고 고요한 마음의 평화에 갈 수 있는 힘이다.

바르게 보는 힘을 키우기 위해서
자각력과 통찰력이 요구된다.
자각과 통찰은 진정한 성찰을 하게 하고
이것이 내 안의 왜곡구조를 알게 하는 힘이다.
이러한 조건이 정견을 확보하는 기반이 된다.
내 안의 왜곡구조 또는 집착구조가 온존된 상태에서는
정견이란 강 건너 불이다.

명상수행의 초기 단계에서는
한동안 자신의 왜곡구조를 아는 것에 많은 자각과 통찰이
집중되어야 한다.
스스로를 도구로 공부를 하다 보면

다른 이들이 보이고, 나아가 세상이 보인다.
비로소 다른 이들에 대한 진정한 관심과 애정이 생긴다.
이러할 때 정사유 즉 바른 생각과 말을 하게 된다.
바르고 당당한 행동을 하게 된다.

고요하고 평화롭고 싶으나 그리 하지 못하는 것은
고요와 평화의 조건인 정견이 확보되지 못하였기에
바로 깨지는 불안한 정서와 항상하지 못하는 정서를 갖게 된다.

미욱하고 미개한 이들은
고요와 평화의 상태가 있는지조차 알지 못한다.
이러한 이들은 현재 상태에 무엇이 문제인지도 자각하지 못하고
불나방처럼 산다.

정서의 항상성 또한 바른 견해를 통하여 얻어지는 결과이다.
일시적인 욕망의 충족은 일시적 고요와 평화만을 줄 것이다.
정견을 통한 안정적인 조건확립은 안정적이며
항상적인 정서의 안정을 보장하여 줄 것이다.

성격과 존재

세상에 존재한다는 것은 성격을 갖고 있다는 것이다.
존재 이유와 근거가 성격이기 때문이다.
성격이 사라졌다거나 성격이 바뀌었다는 것은
존재하지 않거나 존재의 방식과 틀이 변화했다는 것을 의미한다.

이 세상에 존재하는 모든 것들은 존재의 바탕에 성격이 있다.
지렁이도 바퀴벌레도 돌도 나무도 모두 존재 이유와 틀을 갖고 있다.
존재의 틀인 성격의 내용을 알고
그것을 운영하여 가려는 의지와 능력을 갖고 있는 것이
인간과 다른 존재들과의 차이점일 것이다.

인간 중에서도 자신의 성격을 알고
극복하려는 성찰 의지와 능력을 갖고 있는 사람과
그렇지 않은 사람과의 차는
안정스럽고 안전한 사람인지 아닌지,
무지하고 미개한 존재인지 아닌지의 구별점이다.

성찰지의 높낮이에 따라
인간의 의식과 존재 수준의 계가 다층적으로 존재하게 된다.

인간이 만물의 영장이라 함은
존재하는 것들에 대한 성격을 알고 활용하고 쓸 줄 알기에
만물의 영장이란 지위에 있게 된 것이라 할 것이다.
자신의 성격을 알고 그것을 성찰 운영하는 만큼
존재계에서 자신의 존재 위치가 정하여진다.
이것이 인연을 만드는 원리이다.

성격은 마음의 핵심적 기제이다.
성격이라는 구조를 통하여 마음의 생각과 느낌이 생성된다.
이 생각과 느낌은 그 사람의 언행을 규정하게 되고,
언행은 일정하게 반복되면서 집적되고 굳어져 습관이 된다.
습관은 일상생활과 삶을 규정하고 강제하는 틀이 된다.

일상생활은 운명의 내용이다.
운명은 습관의 내용에 의해 형성된다.
습관을 고친다는 것은 운명을 바꾸어 가는 힘이다.
습관을 고친다는 것은 참으로 어렵다.
그러나 이 습관을 고치지 않는다면

자신의 삶을 이 습관이 끌고 갈 것이다.
성공하는 사람들의 일곱 가지 습관이라는
서양이론을 말하지 않더라도 성공적인 삶의 핵심은 습관이다.

습관을 교정하고 좋은 습관을 갖기 위해서는
습관의 뿌리가 되는 성격을 알고
성격이 움직이는 힘과 방향을 관찰하고 자각하여야 한다.

성격을 바탕으로 올라오는 생각과 느낌을 바꾼다는 것도 힘들다.
그러나 습관과 그 습관의 뿌리가 되는 생각과 느낌의 중간에
말이라는 언행의 중간과정이 있다.

자각력을 동원하여 말하는 것과 행하는 것을 자각하여
스스로 교정하려 한다면 그리 어려운 것도 아니다.

우리에겐 자각명상과 정정명상이 있기 때문이다.
자각력을 부단히 높여주는 정정명상을 신심있게 하여 간다면
자신의 습관을 바꾸어 가는데 근원자아가 도울 것이기 때문이다.

언행과 습관

성격을 기저로 하여 생성되는 생각과 느낌은
언행을 규정하고
그 언행은 반복되면서 집적되어 습관으로 굳어져
무의식에 집착되어 자신도 의식하지 못하는 사이에
일상의 일거수일투족을 강제하고 끌어가는 끌개가 된다.

습관이라는 끌개는 삶을 자신의 방향대로 창조하여 간다.

삶의 끌개인 습관이 다행히 좋은 습관이라면 좋으나
그렇지 않을 경우는 삶은 참으로 어렵게 된다.

습관을 바꾸기 위해서
먼저 선행 되어야 할 것은
자각력을 높여 자신의 언행을 알아차리고
언행을 변화시켜 나가는 실천이 필요하다.

생각과 느낌 그리고 습관 사이에
언행이라는 중간 과정이 있게 된다.

언행을 자각한다면 생각과 느낌 그리고 습관을 바꿀 수 있는
힘과 기회를 만들어 낼 수 있다.

그리고 그 언행을 바꾸어 간다면
생각과 느낌, 습관을 바꾸게 되고
성격을 향상 시킬수 있는 기회를
주도적으로 실현하여 가게 된다.

생각과 느낌 1

수행자는
자신의 생각과 느낌을
끔찍하게 여긴다.
왜냐하면 그것은
나와 남을 해하는 칼이 될 수도 있기 때문이다.

생각과 감정이 나와 남을 돕는 경우는
근원의 지도하에 있을 때만이 가능하다.

생각과 감정 자체는 마치 돈처럼 중성이다.
돈은 어떤 마음으로 누가 쓰는가에 따라
돈의 성격이 드러나는 것처럼
생각과 느낌도
그것의 발생과 운영의 주체가 누구인가에 따라
그 성격과 방향이 달라진다.

표상과 심층에서 올라온 생각과 느낌이라 하더라도
일단 근원의 시야에 있다면 안전한 에너지로 화할 수 있다.

그렇지 않다면 일단 위험한 에너지가 될 가능성이 많아진다.
어쩌다 좋았던 것이지 대부분은 파국을 맞게 된다.

생각과 감정을 근원의 지도하에 있게 하고
근원의 에너지에 복무하게 하기 위하여
생각과 감정이 올라오는 순간
일단 거리를 두어야 한다.

그 거리가 심리적 공간이다.
이 공간의 밀도가 심력 즉 마음의 힘이다.
마음의 힘이란 절대적으로 인내하고 참아내는 것과는 다른 것이다.
그 공간의 밀도를 이루는 대부분의 에너지가 근원의 에너지이다.

이 공간의 밀도가 고요함이며
평화로움이다.

생각과 느낌 2

내 몸은 자연 또는 소小우주라 한다.
이것은 자연계나 우주에서 일어나는 현상들이
나에게도 똑같이 일어나기 때문이다.

그때의 표적인 것이 생각과 느낌이다.
이는 마치 하늘의 구름이 생겼다 사라지는 것처럼,
끊임없이 모습과 내용을 바꾸어 가는 것처럼,
내 안의 생각과 느낌이 구름과 같이 생멸을 거듭하는 것을
관찰할 수 있다.

구름이 무상하듯 내 생각과 느낌 또한 무상하다.
무상의 존재에 대한 태도는 즉각 반응하거나 실행하기보다는
거리를 두고 지켜보는 것이 가장 좋은 방식이다.
이것이 자각력이다.

가만히 지켜볼 수 있는 힘 이것이 또한 심력이다.
그런데 이 심력은 생각과 느낌에 빠져 있거나
생각과 느낌과 흡착되어 있거나
생각과 느낌이 자기라고 동일시하면

무간지옥이라는 지옥과 같은 현상이 일어난다.

간이란 공간이다. 공간이 없는 것은 여유가 없음이다.

여유가 없다는 것 그것이 고통이다.

자각명상이란

몸과 마음의 모든 현상을 바라보고 지켜보는 힘을 키우는 것이다.

지켜보는 과정에서 공간 즉 여유가 생긴다.

이 여유의 공간에서 생각과 느낌의 생멸을 경험하다 보면

생각과 느낌이 무상하다는 것을 간단하게 알게 된다.

머리로 생각과 느낌이 무상하다는 것을 아는 것만으로는 안된다.

자신의 몸으로 수행으로 체험 체득하여야 한다.

이는 마치 자연현상을 관찰하듯 나를 관찰하게 되면

자연의 산과 들, 하늘과 구름, 폭포와 강과 바다를 구경하는 듯

자신을 객관화하는 힘이 생겨 심력을 비상이 키워가게 된다.

이 심력이 키워져야

기력과 체력 관계력이라는 수행력이 신장되게 된다.

자각력과 심력은 수행력의 바탕이자 핵심이다.

생각과 느낌 3

고요하게 마음을 지켜볼 수 있다면
근원의 에너지로 보는 것이다.
마음 자체로 있다면 마음을 볼 수 없다.
마음 자체로 있다는 것은 생각과 느낌을 생산하는
자신의 마음에 빠져 있다는 것이다.

마음을 지켜본다는 것은
자신의 마음을 누군가가 지켜본다는 것이다.
그 지켜보는 힘이 근원의 힘이라 할 것이다.

대부분의 사람들은
자기 생각과 감정을 느낄 뿐이지
그것을 알아차리고 자각하지 못한다.
그러니 생각과 느낌대로 즉시 행行으로 옮기는 것이다.
모든 이들이 자기 생각과 느낌의 포로가 되어 있다.
심하게 말하면 생각과 느낌의 노예라 할 것이다.
생각과 느낌은 나의 수단일 뿐인데.
생각과 느낌을 사용하는 자 즉, 주인이 되어야 하지 않을까.

생각과 느낌의 주인이 되기 위해서는
근원에 깨어 그 자체로 존재하며
자신을 보려 하는 수행력이 요구된다.

근원의 힘이 약화되거나 외면하면
욕망과 집착이라는 생각과 느낌의 노예가 되어
자기 통제력을 잃고 자신의 생각과 느낌이
나의 주인 노릇을 하게 된다.
자신의 생각과 느낌을 절대화하고 남에게 강요하고
그 생각과 느낌이 관철되지 않거나 실현되지 않으면
자신이 거부당하거나 실패했다는 생각과 느낌으로
또 다른 생각과 느낌을 생산하여
스스로 난마 같은 생각과 느낌에 빠져들게 된다.
생각과 느낌은 거품과 같아서 한없이 일어나고 사라지면서
스스로를 혼란에 빠지게 하는데
이때의 즉효약은 성찰이며
성찰의 핵심은 자각력이며 알아차림이다.
자각력과 알아차림의 주체가 근원이다.

감동과 고통

이루고 이루어 이르를 곳 있기에 생명은
벅찬 감동과 처절한 고통이다.

오늘도
벅찬 감동과 처절함의 양극을 오가며
이르지 못한 마음에 더욱
가슴 아파한다.

시간, 기운,
잘 조정하고 정돈하여 천성의 계곡에
수시로 솟아오르는
생가과 감정의 활화산을 타고

최고의 명 이루어
삶의 승리자 되길
스스로 기원하여 본다.

명상이란

명상이란
자신을 이해 수용
사랑하여 가는 것.

이러한 과정
스스로 깊어지고
확장되어
세상에 대한 선함 일어
생명에 대한 조심스러움 생기고

감각적 욕망과
자기주장으로부터
자유로워지는 것.

정정명상

정정명상은
겉 드러난 의지의 작용이 아니다.

그동안 자신의 의지와 생각 감정으로
얼룩진 마음을
무위의 물로 씻어 내는 작업이다.

각자 정도 차는 있으나
무위의 순수 에너지로 씻음으로
새로운 마음 맑은 마음으로
새 생명으로 나아갈 수 있다.

매일 세수하듯이
무위로 씻는 정성스러운 정정이
자신을 맑게 하리라.

그 맑음은 또다시 얼룩지겠지만
씻어 내고 씻어 내어

맑은 마음으로 보고 또 보고 열어가야 한다.
그래야만 의지와 생각 감정으로 얼룩진 시야를
트이게 할 수 있다.

*정정명상의 정정이란 조정의 정과 정돈의 정을 합해서 정정이라 하였다.

근원을 잃은 자들의 슬픔과 분노 그리고 의심

자아란 스스로 자기라고 생각하는 자기상이다.

자아를 또 다른 말로는 자신의 정체성이라 할 것이다.

자아를 내용으로 하는 정체성이란

근원을 잃어버린 결과이자 근원에 대한 무지의 결과이다.

자기가 누구인지 기억상실에 걸려 헤매고 두려워한다.

임시방편으로 자신의 정체성을 갖게 되는 것이 자아라 할 것이다.

근원에 비하면 자신이 스스로 자신이라고 여기는 자기는

한시적이고 제한적인 임시의 자기일 따름이다.

우리 명상의 구조로 이야기하면

표상과 심층을 바탕으로 시시각각으로 나오는

생각과 감정들은

다 자아의 얼굴을 하고 나온다.

나는 고상한 사람이다, 지금 나는 화가 났다, 나는 상처를 받았다,

나는 피해자다, 나는 유능한 변호사다, 나는 슬프다, 나는 그를 좋아

한다, 나는 그를 싫어한다.

내가 생각하기에는 그는 좋은 사람은 아닌 것 같다 등등

이러한 것은 심층과 표층수준의 가치관이나 경험과
누적된 과거의 습관과 행위들에 의해 집적된
자신의 심층 구조에 바탕을 둔 자아의 에너지일 뿐이다.

이러한 자아는
때로 나를 돕기도 하고 나를 충만하고 행복하게도 한다.
그러나 결국 자아란 이기적이고 집착적인 구조의 덩어리이기에
늘 경계하지 않으면 자아의 전략에 빠져
결국 자아에 굴복하여 근원과는 멀어지고 마는
슬픈 형국이 벌어지는 경우가 허다하다.
이러한 자아에 스스로 속지 않기 위해서
자신의 자아가 어떻게 움직이고 생성되는지 알아차리는
수행력의 신장이 핵심이다.
생명생활명상에서는 근원을 중심에 두고
매일 자각과 정정명상을 통하여
심층과 표층에서 올라오는 에너지를
활용하고 타고 가는 역량을 개발하여 가는 것이다.

심층과 표상은 근원이 세상을 경험하고 접하여가는 임시적 틀이다.
이는 세상을 살아가는 데 있어
일시적으로 활용 실용하여가는 틀 이상의 의미는 없다.
마치 강을 건너기 위하여 배를 이용하듯
늘 우리는 임시적인 자기를 갖게 된다.

강을 건넌 뒤에는 배를 버리고 차를 타야 할 때가 있다.
여전히 배를 짊어지고 차를 타려 하면 차를 탈 수 없듯이 말이다.

배를 짊어지고 차를 타려는 사람들은 그 부담과 어려움으로
당연히 슬픔과 분노의 마음이 올라올 수밖에 없을 것이다.

슬픔과 분노 의심은 적절할 때도 있으나
도가 넘을 경우,
자아의 계략에 넘어가
근원과 멀어지는 방황의 황망한 계곡에 떨어질 경우가 많다.

이러한 자아의 전략에 빠지지 않고

스스로 마음의 중심을 지켜 근원과 함께 하는 일상 되기 위해
늘 수행원칙을 지켜
자아의 계략이
나를 넘보지 않도록 하길 기원한다.

그러하기 위하여 그날의 정서적 안정성과 항상성을 지켜
자신의 그날그날의 경영 원칙을 다시 한번 확인하고
지켜 나아가길 기원한다.

이는 마치 백신과 같은 것이다.
자아의 바이러스로부터 나를 지켜내는 백신은
정서적 항상성을 지켜내는 일부터 하여야 한다.
이를 위한 에너지와 틀은 이미 주어졌다.

이러한 에너지와 틀에 집중하여
산만한 수행과 마음공부로부터 자신을 지켜
늘 근원과 함께하는 수행인 되길 기원한다.

만취 상태의 운전

오늘 아침 뉴스에서 만취 상태의 가장이 운전을 하다
터널 안 벽을 들이받는 사고를 냈다고 한다.
이 사고로 7개월 된 딸아이가 창밖으로 튀어나가
현장에서 사망하고 아내는 중상을 입었다.

우리는 가끔, 아니면 줄곧
술뿐 아니라 자기감정이나 생각 취미 등에
만취하여 있는 경우가 허다하다.

이러한 취한 상태를 자각하지 못하고 일상을 살다 보면
정도의 차이는 있으나 만취 운전과 같은 결과를
가져오는 경우가 있다.
만취가 다 해로운 것은 아니다.
만취가 가끔은 생활에 활력을 주고
스트레스를 녹여 내는 효과를 가져오기도 하지만,
자각만큼 효과를 주지는 못한다.
왜냐하면 만취는 중독성이 있을 뿐 아니라,
자각력을 무력화시키고
만취의 주체가 그의 주인 노릇을 하려 하기 때문이다.

명상은 늘 깨어 있음의 밀도를 높여
근원의 힘이 늘 관철되도록 하는 것이다.

근원은 절대 자신의 몸을 망치거나
타인을 해하는 기운을 쓰게 하지 않는다.
늘 최선의 선택으로 그 존재의 삶을 성숙하게 하는 방향으로
이끌기 때문이다.

늘 깨어 있으라!
늘 자각력이 자신을 보위하고 이끌도록 하라!
그리하여 취미는 취미 이상이 되지 않도록 하고
감정은 감정 이상이 되지 않도록 하며
생각은 생각 이상이 되지 않도록 하여
그들을 활용하는 주체가 되어야 한다.

그리하면 자신과 주변에 향과 빛을 보게 할 것이다.

스스로 빛나는 영혼들의 이야기

고슴도치 같은 말

말이란 의사소통을 위한 도구이다.
자신의 생각과 느낌을 공기라는 매질을 통해
주고 받는 전파와 같은 것이다.

매질을 타고 공기 중에 퍼질 때
고슴도치의 가시처럼
날아다니는 밤송이처럼
머리와 몸을 찌르는 듯
고통스럽게 나는 말들이 있다.
이런 경우 머리가 아프거나 조여온다.

이러한 말들은 대체로 스스로 자기 안에 공격성을 품고 말하거나
상대와 도토리 키재기 식의 상대하는 마음으로 말할 때 나오는
말의 공격적 에너지들이다.

특별히 공격적 내용도 아니며 나를 지칭하는 것도 아닌데
머리가 아프면
누군가가 내면에 그러한 에너지를 갖고 말하고 있음이다.

이는 생명명상을 한 사람이라면 자주 느끼는 현상이다.

따라서 말을 할 때 어떤 기운으로 말을 하려는지,,, 하고 있는지...
스스로 자각하고 기운을 순화하여 말하는 수행을 하여야 한다.
자신의 공격성이 어디에서 왜 오는지를 탐색하여
제도정화하는 수행을 하여야 한다.
스스로 공격성을 갖고 있다는 것은 참으로 힘든 것이다.
타인을 불편하게 할 뿐 아니라
자신도 스스로의 공격성으로 인하여 다치기 때문이다.

명상수행을 한다는 것은 자신에 대한 이해를 높이고
그 힘으로 타인을 이해하는 과정이다.
그리고 자신을 사랑하고 타인을 사랑하는
그리고 평화로워지는 것이 성숙과 성장의 내용이다.

깊은 자비와 사랑이 담긴 말의 에너지가
생명생활수행인들에게 흘러 넘치길 기원한다.

생활의 힘

생명은 생활을 위한 것이며
생활은 성숙과 성장 진화를 위한 것이다.
그렇다면 생활은 생명을 변화시키고
그 변화의 힘으로 성숙과 성장을 일구어 가는 것이다.

생명과 성숙성장진화의 중간에서
생명의 진화를 매개하는 생활은
매우 중요한 핵심 고리이다.

따라서 생활에서 나타나는 여러 징후들을
자각하고 성숙 성장 동력으로 쓰며
그것이 결과적으로 생명진화의
결과로 축적되고
더 깊고 더 넓은 고요와 평화의
장으로 들어 갈 수 있지 않을까.

결국,
수행의 결과

성숙과 성장의 결과
진화의 결과는
생활의 모습에서 드러남으로
생명진화 생명성숙 성장은
생활이라는 꽃으로 드러나게 된다.

생활은 숨길 수 없는 생명력의 결과이기에
생활력으로 생명력과 성숙성장동력을 일구어 가길.

무엇을 위한 명상이며 모임인가

세상에는 많은 모임이 있다.
모든 모임은 저마다 목적이 있으며
목적에 동의한 사람들이 목적을 실현하기 위하여 모인다.

목적을 중심으로 사람들이 모였다.
목적이 실현되거나 사라지면 흩어진다.
생명생활명상수행 모임의 목적은 지속적인 성숙과 성장이다.
따라서 성숙과 성장이 우리의 최대의 관심사이며 주요 주제이다.

어떠한 경우라 하더라도 이 주제에 깨어 있어야 한다.
이것은 모든 상황이 성숙과 성장의 기회라는 것이다.
성숙과 성장의 경우가 따로 있는 것이 아니라
나의 모든 느낌과 생각 그리고 모든 경우와 상황이
성숙과 성장의 기회이자 장인 것이다.

따라서
감당하기 어려운 느낌과 생각
경우와 상황이 오면

즉시!

나의 무엇을 돕기_{지속 성숙성장} 위하여

나의 또는 우리의 무엇을 돕고자

이러한 일이 일어나고 경험되어지는가

자문하고 궁구하여 열어 갈 때

지속 성숙과 성장이 주체적으로 보장되지 않을까.

이것은 철저한 생명생활명상수행자인

우리들의 일상 계율이 되어야 할 것이다.

이름

이루고 이루어
이르러 이름
하여,
이름.

생명
이르고픈 곳 있어
세상 문 열고 나온 존재.

이름 있는 자 모두는
이르를 곳 있는 자.

근원과 함께
스스로 이룰 천명 밝히며
이루어 가는
생명 생활 수행.

변화하는 몸과 마음

명상수행을 통하여
경험하고 체험하여 가는 세계는
나의 글과 말로는 형언하기가 참으로 어렵다.

몸과 마음의 변화는
그 깊이가 어디까지 갈지
늘 기대되고 가늠하기 어렵다.

표현하려다 보면
흡족하지 않을 뿐 아니라 정확하지도 않다.
다만 느끼고 경험할 뿐이다.

이러한 과정이 앞으로도 지속되길 바라는 마음 간절하다.
지순성실한 수행과 도반들에 대한 깊은 신뢰와 의지가
이러한 변화를 추동推動하여 가리라.

맨발 걷기 명상 1

아무리 떼쓰고 투정 부려도
젖 먹고 싶어 가슴 파고들면
늘 가슴 열어주시던 어머니처럼
대지는 늘 그렇게 있다.
오늘도 이빨 없는 잇몸으로 어머니 젖을 빨듯
맨발로 대지의 젖줄을 느끼고 마신다.

자연을 정복과 착취의 대상이 아닌
순례자의 마음으로
생명력의 나눔과 소통을 위해
맨발로 걷는다.
무장 없이 나선다는 것은 평화로움이다.

오늘도 돌부리, 낙엽, 황토 흙, 나뭇가지, 굵게 드러난 뿌리 등을
두꺼운 신발의 보호와 방해 없이 맨발로 만나려 한다.
땅에서 올라오는 느낌
대지의 체온을 온전히 느끼고 자각하면서
두꺼운 신발과 양말 안에서 안전하게 보호되고 갇혀 있던

발바닥과 발가락들이 아우성이다.
자신이 직면하고 감당해야 할 각종 돌부리. 나무뿌리 등의
상황도 상황이려니와 스스로 중심 잡고
몸을 지탱하기 위해 자신의 몫을 다하려
모두 안간힘을 쓰느라 정신이 없다.

산길은 다양한 경험을 하게 한다.
마치 세상사 다 이런 것이 아닌가 하듯
세상 변화 넉넉히 수용하라 지도하듯.

자신의 역할을 다하였다.
상기된 모습으로 활기있게 살아나는
새끼발가락이 귀엽다.
오늘 새끼발가락의 존재 의미를 모두가 알았다.
작아도 온몸 균형 잡고 걷는데 중요한 존재임을
스스로 알고 더불어 체험하여 매우 기뻐하였다.
모든 발가락이 다 상기된 얼굴로 웃는다.

맨발 걷기 명상 2

봄이 기다려진다.
가을에 맨발로 걷던 길이다.
맨발로 대지를 만난다는 것은 참으로 설레는 일이다.

맨발로 한참을 걷다 보면
대지와 하나 되는 느낌이 생명력의 확대로 나타난다.
물론,
처음에는 아프고 엄두가 나질 않는다.

그러나 익숙해지면 대지가 나에게 준
생명력을 느끼게 된다.
맨발로 농사짓는 전진석 선생은 맨발이 생활화되어 있는 듯하다.
부럽다.

발바닥이 살아 숨 쉬고
신발 구석에 짓눌려 죽어
감각조차 희미해진 새끼발가락이
새빠알갛게 살아난다.

물론, 모든 발가락이 다 그렇다.

도시인들에게 있어서 맨발 걷기는
도시 생활의 비생명적인 굳은살을 살리는
좋은 명상이다.

봄이 오면 함께
맨발 자각 걷기 명상을 함께 하고 싶다.
자각 명상의 최고가 될 것이다.

사람이 곧 하늘이다

인내천 人乃天
생명생활명상에서
주인공을 믿는 것은 하늘 믿는 것이며
동시에 자신을 믿는 것이다.

진정으로 정성을 다하면
하늘과 내 마음이 응답하는 것은 당연한 이치이다.
이것은 어떠한 경우라도 그러하다.

두렵고 어려울 때
하늘 내려 내 안의 내가 된 주인공을 의지하는 것은
내 안의 신성인 하늘을 믿는 것이다.

그러할 때
스스로 사랑할 수 있고
스스로 위로 할 수 있게 된다.

생명생활수행인인 우리는

매일 자각과 정돈으로
스스로 하늘과 부처와 만나고
더불어 하늘과 부처와 만남을
잊지 말아야 한다.

그리고 늘 일상으로 경험하고 있음을
자각하여야 한다.
스스로 하늘 부처와 등지는 일 없도록
경계하여야 한다.

생명생활수행 1

생명생활개발수행은
생명은 생명활동이라는 생활을 타고
성숙과 성장이라는 생명의 목적 달성을 위하여
생명으로 태어났음을 자각하는 정신과 육체적 활동이라 할 것이다.

'나는 왜 태어났는가?', '나는 누구인가?'라는 질문을
스스로에게 던지면서 많은 명상가와 수행자들이
의문의 문을 열어젖히며 수 세기를 거쳐왔다.
이러한 질문과 의문의 답은 부분과 전체, 전체와 부분과의 관계를
종합적인 사고로 보거나
현대과학이 밝힌 생명의 신비를 보면 답은 명확하다.

일차적으로 생물과 무생물의 차이는
생명이라는 일반적인 특성에서 찾을 수 있다.
생명의 특성은
첫째, 신진대사를 한다.
둘째, 신진대사는 성장을 위하여 한다.
셋째, 성장은 생식을 위하여 한다.

이러한 신진대사와 성장 생식은
서로 목적과 수단으로 맞물려 있으며
목적과 수단을 안정적으로 수행하기 위하여 조직질서가 필요하다.
그리하여 몸이라는 질서의 총합인 생명 덩어리를 타고 난다.

이러한 생명 덩어리인 몸은
위의 세 가지 생명의 수단과 목적을 완수하기 위하여
환경에 반응하고 적응한다.
이렇게 수단과 목적이 단계적으로 서로 맞물려 있으나
생명의 궁극적이며 최고의 목적은 성숙과 성장이다.
성숙과 성장이 보장되지 않는 생명은
이미 생명의 목적과 본질을 잃어버린 것이다.

생명의 목적과 본질인 성숙과 성장을 이상 없이 수행하기 위해서
신진대사와 '성숙, 성장' 그리고 생식을 수행하기 위하여
몸이 일정한 조건을 스스로 조종操縱, 조정調整하는
능력을 갖추지 않으면 생존할 수 없다.
그러한 생존조건이 항상성이다.

항상성 恒常性 이란

첫째, 체온이다.

체온은 항상 36.5도라는 일정한 수준을 지켜주어야 한다.

둘째, 혈액 속의 산소량이다.

셋째, 수분과 염도 등 이외에도 수많은 생명조건들이 많다.

이러한 조건은 생명활동의 전제 조건이다.

이러한 항상성이라는 조건 중 하나만이라도 균형이 깨진다면,

예를 들어 체온이 2~3도만이라도 내려가거나 올라가면

저체온증이나 고열로 생명은 위태롭게 되며

그 순간,

생명의 목적인 성장과 성숙을 위한 생활에

일정한 장애가 발생하게 된다.

물론 그러한 순간도 우리 생명에게는 의미가 있다.

그러한 순간도 우리에게는 성숙과 성장이라는

목적 달성을 위하여 움직이는 종합적인 관계가 숨어 있으며

그것을 자각하고 찾아가는 것이

수행이라 할 것이다.
이와같이 생물학적인 항상성이 생명유지에 중요하듯
생물학적인 항상성만큼이나 중요한
성숙과 성장의 핵심적인 조건이자 결과인,
정서의 안정성과 항상성이 있다.

생명생활명상수행에서의 핵심은 정서의 항상성이다.
정서의 항상성은 생명활동의 목적을 달성하는 많은 조건 중에
가히 으뜸이라 여기기 때문이다.

따라서, 정서의 조종 조정 능력은
생명으로서 최고로 진화한 인간만이 할 수 있는
최고의 능력이자
성숙과 성장의 보장조건이기 때문이다.
생명의 본 목적이자 본질이기 때문이다.

생명생활수행 2

정서의 안정화와 항상성은
"생존과 성숙성장"을 보장하는 필요조건이다.

정서 안정과 항상성^{탄력성과 유연성}의 수준과 정도는
자각력과 바른 견해의 정도에 따라 결정된다.
따라서 정서의 안정성을 유지하는 필요충분조건은
자각력과 자신의 바른 견해이다.
바른 견해란 종합적 사고능력이다.
사물과 상황 또는 관계를 종합적으로 바라보는 힘이다.

이러한 힘에 바탕 하지 않는 정서의 안정은 늘 바람 앞의 촛불이다.
헌데 여기서 자각력自覺力이란
바른 견해를 일구어가는 가장 든든한 힘이요 지도이다.
자각력은 이러한 정서안정과 항상성이라는
'환한 꽃을 피우는 생명력'이다.

생명력과 자각력은
자신의 바른 삶을 찾아가는 근원의 구체적인 발현이기도 하다.

바른 견해를 추구하지 않는 자각력은
자신의 감정과 느낌, 육감만을 중시여기며
남을 공격하는 수단으로 악용될 수 있으며
때론 값싼 무속인들의 신기로 전락할 수도 있다.
그런데 대체로 이러한 증상들이
자각명상의 초기에 자주 일어나는 현상들이므로
이것 또한 자각하고 경계하며
'바른 견해, 종합적 사고력'을 체득하여 가는 과정으로 여기면
참으로 또한 의미 있는 여정이 될 것이다.

늘 보기에 좋은 환한 미소와 표정
따뜻하고 안정된 눈길 안정된 목소리
스스로 예 갖추고 더불어 예로 관계할 수 있는
정서의 안정과 항상성은
자각력과 바른 견해력으로 드러나는
꽃이 아닐까.

제 3장

하늘재 그 자리

늘
지금 여기에 머물며
일어나고 사라지며
지나가는
슬픔과 외로움
억장이 무너질 듯한 막막함과
가슴 저미는 아픔을 본다.

하늘재 그 자리 1

비바람이 친다.

큰 나무는 큰 나무대로
작은 나무는 작은 나무대로
바람에 흔들리다 부러져
흰 속살과 뿌리를 드러내고 누워버렸다.

숲에서 떨어져 홀로선 나무일수록
뿌리가 깊지 않으면 비바람에 견디기 어렵다.

숲의 나무들은
서로 잡아주고 막아주어 비바람을 견디어 간다.

사람도 세파에 흔들린다.

심지가 굳지 않으면
자신의 모든 속내를 드러내며 상처를 주고받는다.

스스로 심지를 굳혀서 깊게 뿌리 내리고
더불어 심지를 굳혀서 상생의 힘을 키우는 것.

우리 명상수행숲
하늘재 그 자리

하늘재 그 자리 2

슬픔이
외로움이
짜증과 분노가
올라와도

늘
그 자리
그 마음
그 느낌을
잊지 않고 있기에
늘 충만하다.

충만함으로
가슴이 갈리고 무너지는
슬픔과 외로움을 보고 느낀다.

늘
지금 여기에 머물며

일어나고 사라지며
지나가는
슬픔과 외로움
억장이 무너질 듯한 막막함과
가슴 저미는 아픔을 본다.

따뜻하고 포근한
안방에 앉아
비바람을 보듯

스승

스으스로님
스으승님
스승님

스으스로님
스스로 존재하는 님

그 무엇에
의지 의존하여 존재하는 것이 아니라
존재 자체로 시공을 초월해 존재하는
스으스로오님

그것은 내 안의 근원이며 불성이다.

이 근원이 심층과 표상으로 드러나
정서가 늘 항상하며
이해와 수용이 균형있게 일어나며
자비와 연민이 자연스럽게

스스로 일어나는 자

이런 존재를 스승이라 한다.

스으스로님이
드러난 자
스승.

새봄

새삼스레
스스로와
바깥세상을 본다.

그럼으로
새 삶의 바탕 볼 수 있는
여유
스스로 넓혀본다.

새봄
새롭게 모든 것
봄으로

과거 식견 벗어 버리고
새로이
보고 열어 익혀 다져
새봄 위한 지혜
보고 열고 익혀 다지는

사계절 견디고

다져서 축적된
힘으로

새로 보고
새롭게 열어 익혀

또
훌쩍 큰
한 해
되시길
기원한다.

스스로 점검

생명은
생활을 타고
성장하고 성숙하는 존재들입니다.

한 주의 생활을
돌아보고
생활을 타고
쉼 없는 성숙으로
나는 가고 있는가.

수시로
스스로
더불어 점검하고
힘 키워가시길...

자신 안의 쉼터

명상을 하다 보면
아
'이곳이 내가 쉴 곳이구나' 하는
마음이 든다.
세상살이는 번뇌와 고통의 바다를
건너는 쉼 없는 여행과도 같다.

지친 여행자들이
쉴 곳을 찾아 여기저기 찾아다닌다.
산과 들 다양한 여행지들을 찾는다.
다양한 취미 속으로 찾아들기도 한다.
위로해 줄 이를 찾기도 한다.

다양한 많은 쉴 곳을 가더라도
내 안의 깊은 심연을 찾아 쉬는 것에 비할 수 있을까.
내 안의 블랙홀 같은 번뇌의 소멸지
환희심의 발심지를 만날 수 있는 것에 비할까.

삼천 년의 절대희망

세월은 흘러 계절은 바뀌고
찬바람 불어 옷깃을 여미게 하는데

아직도 한여름의 옷을 입고
낙엽지는 가을과 눈 내리는 겨울을
맞이하는 이를 보면 애처롭다.

사람이 나이를 먹는다는 것은
세월과 계절을 타고 넘어
가을로 겨울로 향하는 필연의 길에 들어서는 것.
시절에 맞는 옷을 준비 못하면
가을과 겨울을 어이 보낼까.

늙어 몸에 힘 빠지고 기력이 떨어지면
이것이 사람에게는 몸과 마음의 가을 겨울
힘이 빠지고 기력이 떨어진 만큼
새 마음의 옷을 키워 놓아야
추위에 떨지 않고 따뜻하게 겨울을 즐길 수 있을 터

영하의 겨울도 준비를 잘 하면 참으로 즐겁고 행복한 시절

몸과 마음을 자각하여 확장하고 때론 소멸하여
춘시절 하시절 추시절 동시절을
그때그때 즐기며 타고 가는
그래서 삼천 년의 절대희망의 주인 되는 우리가 될 수 있길.

계곡 솟구쳐 올라

어느 한계에 갇힌다는 것
참으로 답답하고 고통스러운 것

그 갇힘이 답답함으로, 고통스러움으로 느껴진다면
이제 그 답답함과 고통으로부터 벗어나는 첫 단계

그러나 많은 이들이 답답함과 고통에 중독되거나 마비되어
고통으로 알지 못하고 적응되어 버린다.
그것도 하나의 삶이므로 탓할 일은 아니다.

우리는 자신의 기질과 성격의 계곡에서
그 기질과 성격이 만들고 얻고 겪는 다양한 지식과 체험
그것을 바탕으로 생산되는 생각과 감정의 계곡에 갇혀 허우적댄다.

그 계곡을 솟구쳐 올라 여러 계곡이 겹겹이 쌓인 산맥과
그 위로 확 트인 허공을 바라본다면
자신이 넓은 세상이라 착각하고 당연시하던
자신의 생각과 감정의 계곡이 얼마나 편협하고 주관적인
계곡이었던가를 알게 될 것이다.

그 앎이 진정 자신을 아는
아름다움으로 나아가 자기다움으로 성장하는
길 임을 안다면 더욱 행복할 것이다.
사람은 애초 대붕鵬으로 태어났으나
계곡에 내려앉아 그 안온함에 갇혀
계곡의 편협한 공간에서 살기가 좋아지면
스스로 날개를 자르고 좁혀서 텃새가 되어 산다.
대붕의 정체성을 잃어 텃새를 자신이라 여기며 산다.
대붕을 텃새의 가슴에 담았으니 얼마나 답답하랴.

편협한 계곡에서 서로를 상대하며
키재기와 좌충우돌을 일삼으며 살아가는 이들에게
한 번이라도 솟구쳐 올라 바라보길 바라는 것은
참으로 어려운 일이나

신통이 있다면 잠시만이라도 솟구쳐 올라서
바라보게 하고 싶은 맘 간절하다.
자비의 마음으로.

자각과 수행

일상의 모든 것을
자각할 필요는 없다.
모든 일상의 핵심적인 뿌리를 자각하여야 한다.

그것을 간과하고
현상적인 것들만을 자각한다면
자각은 시들해지고 자각력은 강화되지 않는다.

많은 이들이
위빠사나 사마타 수행을 하지만
정작 그것을 통하여 자각하고 가야 할 곳을 가지 못하고
한평생 변방을 헤매다 끝나는 경우가 허다하다.

자각이라는 개념과 방법을 알았다면
그것만으로도 행복이다.

그러나 진일보한 자각은
지도와 실참실수만이 가능하게 한다.

지도가 빠진 자각은 현상적인 자각에 머물러
수행의 진도가 나아가질 않는다.

결국 이것저것 기웃거리거나
주저앉아 포기한다.

그리곤
사는 것이 수행이니 뭐니 하며
일상사와 일상관계에 빠져
수행의 감동과 지향을 잃고
수행을 평균 저하하는 우를 범한다.

있는 그대로 볼 수 있는 힘

계는 마음을 단속하기 위함이다.
마음을 단속하는 것은
후회할 일을 만들지 않기 위함이다.

후회할 일이 없거나
후회 없는 삶이라면 기쁘다.
이 기쁨이 어느 정도 차오르면 희열이 느껴진다.

희열이 성숙하면
일상에서 어떠한 경우라 하더라도
정서의 안정성과 항상성을 유지하며 잔잔한 편안함이 지속된다.
비로소 삶에서 행복을 맛보게 된다.

이 행복은 쉬 허물어지는 변덕스러운 행복이 아니다.
이 탄탄한 행복의 상태는 명상수행력을 높이는데
매우 중요한 바탕이 된다.
이 행복감의 기운과 바탕이 깊은 명상에 들게 한다.
삼매 깊은 명상에 드는 자는

여실지견^{如實智見} 할 수 있다.

말하자면 있는 존재들을 있는 그대로 볼 수 있는
통찰지^{通察智}가 생기는 것이다.

있는 그대로 본다는 것이
그리 쉬운 일은 아니다.
있는 그대로 보기 위하여 많은 단계의 수행을 해야 한다.

있는 그대로 볼 수 있을 때
우리는 자아에 속지 않고
자아가 만들어 내는 한시적인 기쁨과
변덕스러운 행복에 취하지 않고
지난한 고통에서 벗어날 수 있다.

그리고
깊은 고요와 평화의 행복에 처할 수 있다.

서로 등 밟고 발돋움해요

뒤꿈치 들어 키 키워 보면
보일 듯한 세계
지금은 키 작아 보이지 않는다.
스스로 안타까워 가슴 조인다.

발돋움하고 목 늘려
높이 멀리 보려 하나
아직은 키 작아 보이지 않는다.

그러나,
나를 편협한 공간에 가두고
나를 왜소하게 하는
나의 감각적 집착과 아집의
단단한 벽이 어렴풋이 보인다.

보인다는 것은 얼마나 다행인가!
벽조차 보이지 않는다면
자신이 무엇에 갇혀 있는지조차 모른다면

이는 참으로 어려운 숙제

누가 나를 가두고 있다고
밖을 향해 소리치고 두드린다.
이제 밖을 향해 소리치는 것을 멈추고
벽을 가만히 느끼고 만져 보며 지각하자.

나만의 감각적 울타리는
나만이 거두어들일 수 있는 내가 세운 울타리
내가 세웠기에 내가 거두면 넘을 것도 없는 울타리

키 키워 울타리 넘어 넓은 평온의 세계를 보자.
서로 번갈아 엎드려 등 밟고 어깨 잡고 발돋움하고
키 키워 그 너머의 세계를 보자.
그리고 함께 걷어 내고 넘어 보자.

말이란

잘 사용하면 약이며 큰 자양분이나
잘못 사용하면 독이다.
말을 즐기면 반드시 실언하게 된다.

실언은 관계를 어렵게 할 뿐 아니라
성숙과 성장의 길에 심각한 장애를 준다.
말을 즐기는 사람들은
마치 미식가들이 맛집을 찾아다니며 즐기는 것처럼
식탐을 키워 배탈 나고 종국에는 비만에 이르게 된다.
음식은 즐기기보다는
몸의 건강과 성장을 위하여 절제하여 취할 때
도움이 된다.

말도 즐기다 보면 식탐처럼 말을 탐함이 늘어나
말을 많이 하게 되고
비만처럼 말의 비대함이 지나쳐
말의 환상에 빠져 공허한 말의 놀음에
허우적거리게 된다.

말은 즐기는 것이 아니라
정확한 의사를 전달하거나
자기표현의 수단으로 절제하여 사용해야 한다.
그래야 말이 자신의 성숙과 공동체의 성장에 도움이 된다.

가족 내에서 말을 할 때
가족의 화합과 구성원들의
성숙과 성장에 도움 되는가를 먼저 생각하며 말을 해야
말로서 의미가 있게 된다.
가족 내에서 이러한 관점에 깨어 있는 사람이 있을 때
가족의 화목과 성숙을 도모할 수 있다.

수행공동체는 더욱 그렇다.
수행공동체에서 말을 할 때는
자신이 무슨 말을 하는지, 왜 하는지,
공동체의 화합과 스스로 더불어 성숙하는데 도움이 되는지를
먼저 살핀 후,
말을 하는 습관을 키우는 것 또한 큰 수행이다.

따라서 표현 방법과 용어 선택 등에 자각하고 깨어 있을 때
적절한 말의 사용이 가능해진다.
그렇다고 긴장하여 말하기 어려워지고
그래서 말하기가 두려워지면 안 된다.
다만 일상에서 깨어 있어야 한다는 것이다.

말은 자유롭고 즐겁게 하되
늘 깨어 있자는 것이다.
깨어 있는 상태에서 말을 나누다 보면
그로부터 오는 개운함과 기쁨이 참으로 크다.
그러한 개운함과 기쁨을
함께 많이
늘 나누고 싶은 마음이다.

수행력

수행력이 높다는 것은
자신만을 위해 할 일이나
풀어야 할 감정이 적거나 없다는 것이다.
수행력을 높여가는 과정에서 이미 자신의 문제들이
해결되거나 없어졌기 때문이다.

사람들은
모두 자신만의 심리적 문제와 몸의 고통을 갖고 수행터를 찾는다.

기쁨과 감사 그리고 즐거움만으로 충만한 이는
아마도 세상에 없을 것이다.
다들 자신의 어려움을 안고 그것을 해결하기 위하여 온다.
심적 신체적 문제를 넘어
좀 더 높은 의미와 가치, 평온과 평화를 구하기 위해 오는 이도 있다.

이러한 분들은 조건과 근기가 좋아
명상수행의 본궤도에 진입하여 갈 수 있겠으나 많지 않다.
좀 더 높은 가치를 구하는 분들 또한
고통스러워하는 이웃들을 이해하고 공감하며

그들의 문제를 통해 평화와 평정의 힘을 기르는 것이
진정한 수행력을 기르는 길이기도 하다.
마치 숫돌과 칼과의 관계처럼 서로 숫돌과 칼이 되어
갈고 닦는 것이다.

서로 거울이 되어 보고 보이며
상대의 모습에서 나를 보며
거울삼아 닦아 가는 것이다.
이것이 도반이며 수행공동체의 원리다.

그러다 보니
자신의 문제 보따리를 풀고 싶고 해결하고 싶은 마음 당연하다.
그 과정에서 서로 미성숙한 모습이 보일 수 있다.
그러다 보면 서로 불편한 점도 생겨난다.

이러한 불편함이 없어야 한다든지 생겨서는 안 된다든지
수행터는 그야말로 고요하고 편안해야 한다면
세상에 그러한 곳은 아무데도 없을 것이다.

오히려 자신이 갖고 있는 문제만큼
또한 관계의 불편함이 생길 수밖에 없음을
이해하는 것이 명상수행의 첫 단계이다.
수행터에서의 불편함을 이해하는 것은 단순한 인내가 아니라
성숙하여 가는 과정에서 마음의 근력을 키우는
마치 헬스클럽의 웨이트 트레이닝과 같은 과정이다.

왜냐하면 수행공동체는 지도가 있고 길이 있기 때문이다.
만약에 지도도 없고 길도 없이 고통만이 있다면
그러한 고통은 빨리 도망가거나 벗어나는 것이 상책이다.

미성숙한 상태에서 보여지는 불편함은
각질처럼 일어나는 허물이기에
서로 허물벗어 맑고 밝은 새살 나와
스스로 빛나고 향기 나는 길에서 만나는 도반으로
깊게 새기고 여긴다면
자신을 위하여 더 이상 할 일이 없는
최고의 상태에서 서로 만나는
희열과 행복이 있으리라 기대하여 본다.

집착이란

들러붙고 빨아들여
흡착하는 기운이다.
흡착하고 빨아들이는 기운은
주변의 물질들을 흡착해서 물질의 형상을 만든다.
우리 마음의 집착은
우리 몸을 구성하는 기본에너지다.

물질적 몸을 가지고 있는 존재들은
모두 집착을 가지고 있다.

집착은 나를 세상에 드러나게 하고
태어나게 하는 강력한 에너지다.
그 집착의 기운이 몸의 모습과 형태를 만들어간다.
그리고 나의 삶 전반을 끌고 가는
끌개가 된다.
이 끌개의 하수인이 되는가,
이 끌개의 주인이 되는가는
이 구조를 알고 운영해 가는 힘을 갖는가,

아니면 그것에 종속되는가에 달려있다.

우리 마음은
다단한 집착구조로 미세하게 작동하므로
알아차리기가 쉽지 않다.
이 집착구조는 자아의 상을 생산하는 구조로서
나다 내 것이다 내 생각이다
생산하는 강한 자아의식으로
근원 불성에 접근하는 것을
가로막는 가장 큰 장애들이다.

복잡한 집착구조를 알아내어 극복해 가는 것은
원만하고 행복한 삶을 창조해 가는
매우 중요한 성숙의 과정이다.

이 복잡한 구조를 알아내는
가장 쉬운 방법은
자신의 생각과 느낌 그리고 언행 질서에서 드러나는

집착의 끈을 알아차려 보고 발견하는 것이다.

이 끈을 잡아채
복잡한 집착구조를 알아가는데 있어서
단초를 제공하는 것이
집착의 끈이다.

이것이 핵심고리이다.

이 핵심고리를 알 수 있도록
도움을 주는 것이 끊임없는 자각이다.

겨울살이

겨우내
구토와 역한 냄새와 포효와 함께
몸은 산산이 부서져 나갔다.

숙업宿業이 무너져
산산이 조각나는 고통과 희열
피곤이 순차적으로 왔다

심한 몸살과 새롭게 형성되는 몸으로
겨울을 났다.

더 부서지고 고요해져 평정하고 청정해져야 하는데
지순하게 가건만
아직도 세상의 걱정과 근심이 있다.

해결해야 할 것들이 많다.

한 숨

깊은 명상 중
들숨과 날숨의 한 숨은
과거 생의 하루 또는 한 달
혹은 10년 혹은 한 생 일수도 있다.

시간에 관계없이
과거 생을 자각하고 성찰하기도 하고
자각하지 못한다 하더라도

지난 생에 왜곡된 의식이
몸으로 드러나
지금 나를 괴롭히고
왜곡된 삶을 살게 한다면

깊은 정정명상으로
한 숨에 풀리고 녹아내리기도 한다.
한 숨에 녹아내리고 정정되지 않는다 하더라도
매일 매일 여닫는 생활수행으로

한 땀 한 땀 풀려
어느새 고요함을 얻게 된다.

얼마나 자신의 근원을 신뢰하고
일치하여 정성으로 정정에 드느냐가 관건이다.

지도를 신뢰하고
스스로 더불어 함께 수행하는
수행공동체를 존중하고
지순성실하게 수행할 때
지도의 도움은 더욱 강화된다.

수행공동체

수행공동체는
나를 지속 성숙 성장시키며 달리는 열차와 같다.
그 열차가 최종의 종착역인 최고 지혜의
어떤 경지로 안내하고 달리는 열차다.

그 열차를 타고 가다
어떤 연유에서든 중간에 내리는 사람도 있고
다시 올라타는 사람이 있고
한 번 타고는
자신과는 안 맞는다고 오르려 하지 않는 사람들도 있다.

그런가 하면
향심을 갖고 지속적으로 자신을 성찰하며
지순성실한 수행으로 자신을 다독이며
향심向心으로 결심決心하고 항심恒心으로 밀고 가며
스스로 신심信心과 성심誠心으로 덕심德心을 키워
오심悟心의 깨달음의 나날을 경험하며
또 향심向心을 일으켜 앞으로 가는 사람들이 있다.
다양 다종의 사람들이 오르고 내린다.

세상에는 많은 탈것들이 있다.

재미있고 즐거운 것

흥분되고 짜릿한 것

나를 알아주고 나를 위안 주는 것

지식과 정보를 얻게 하는 것

이루 헤아릴 수 없이 많은 것들이 세상에 존재하며

나를 손짓하고 심지어 유혹한다.

그러나 수행의 향심을 갖고 수행공동체임을 선언하고

그러한 목적과 목표로 결의한 스승과

소수라 하더라도 도반들이 있다면

그것은 살아가면서 만나기 힘든 나의 수행공동체이다.

나를 안전하게 태우고 지속성숙하고 성장하게 하는 기관차이다.

그러한 공동체가 자신을 알아주지 않는다고

재미없다고 자신의 참여와 주의를 게을리한다면

그러한 감정적인 자신의 욕구를 채워주는 곳을 기웃거리게 된다.

기웃기웃하며 여기저기 찾아다니다 보면

좋은 인연을 만난다 하더라도
수행의 의지를 갖춘 공동체만큼
자신을 성숙하게 하는 인연을 만나기란 참으로 힘들다.
계속 기웃거리다 보면 몸과 마음은 왜곡되어
왜곡되어 가는 자신의 의식과 몸을 알아차리지 못하는 어려움에
부닥치게 된다.

설혹 수행공동체가 자신에게 소홀한 것 같아도
자신이 적극적으로 참여하여 수행공동체의 주체가 되려 한다면
그러한 기웃거리는 마음은 사라질 것이다.

수행공동체를 아끼고 소중히 생각하는 사람은
이미 수행력이 강화되는 길에 들어서고 있는 것이다.
자신은 물론 더불어 타고 가야 할 수행공동체의 소중함을 아는
사람은 이미 어느 정도 성숙한 사람이다.
왜냐하면 성숙과 성장의 조건을 어느 정도 알고 있기 때문이다.

수행공동체의 존재의 의미를 알고
공동체를 아끼며 사랑하는 도반들이 많이 생기길 기원한다.

생활수행인의 계

'계'란 계율을 말한다.
'계율'이란 어떤 특정한 집단이나 사람들이
지켜야 할 마땅한 도리이다.

마땅한 도리란
마땅히 지키며 가야 할 길이다.

생명생활수행인들의
첫 번째 계는 정서의 항상성과 안정성이다.

어떠한 경우라 하더라도
정서의 항상성과 안정성의 도리를 지켜내야 한다.
그러나 정서의 항상함과 안정성을 지켜내기란 쉽지 않다.

늘 고요함과 평화로움을 잃지 않는
마음의 경지를 동경하며 수행하다 보면
자신도 모르게 어느새
평화로워진 자신을 발견하게 되리라 여겨진다.

그런데 무조건 애를 쓴다고 되는 것이 아니다.
오히려 화를 내면 안된다는 억압에 시달리게 될지도 모른다.

중요한 것은 정서가 흔들리기 시작하거나 깨졌다면
첫째, 무엇 때문에 흔들리고 깨졌는지 자신을 탐색하여 알아내고
둘째, 그것이 합당한 것인지 그럴 만한 것인지 탐색하여야 한다.

바깥세상의 모든 것을
있는 그대로 보지 못하는
내 안의 어떤 구조를 알아내는
매우 중요한 탐구의 과정이자 기회인 것이다.
자신을 성숙시키는 절호의 기회인 것이다.

짜증과 화와 분노로 인해
아둥바둥
울렁울렁
벌컥벌컥
하다 보면

이 중요한 기회를 다 놓쳐버리고
탐색의 에너지를 다 소비하게 된다.
정서의 항상성과 안정성이 깨진 순간 즉시 알아차리고
바로 탐색하여 들어간다면
에너지 소모 없이 순일한 성숙의 길로 들어서게 된다.
화를 내고 충돌하며 제 2차의 갈등과 소모전에 들어서게 되면
갈지자로 가게 된다.

갈지자라도 가면 된다.

그러나 오히려 화를 내는 것이 습이 되어
깔딱고개의 고정화 내지
더욱 높게 하는 결과를 가져올 가능성이 크다.

정서의 항상성을 지켜내려는 생명생활수행인들의 수행력이 모여
공동체의 수행력을 높이고
주변을 더욱 밝고 맑게 할 수 있길 기원한다.

참으로 두려운 것

생명생활명상을 지순 성실 경건하게 하다 보면
몸의 문제를 해결하는 에너지가 중심적으로 올라온다.
몸의 문제는 곧 의식의 문제다.
몸은 의식의 반영체이기에 말이다.

의식이 생활자세를 규정하고
생활자세는 몸의 현재 상태를 만든다.
어떤 고통이 있다면 몸의 문제이지만
근본 원인은 의식에 있다.

문제가 꼬이기 시작하여
현재의 결과에 이르렀다면
푸는 방법은 역순이듯,
명상적으로 의식과 몸의 문제를 푸는 데는
역순으로 풀리는 경우가 많다.

먼저 몸의 문제를 해결하기 위한 에너지가 올라오고
몸의 문제도 가장 지엽적인 문제부터 풀리면서

점점 근본적인 문제와 부위에 접근하여 간다.

그리고 마지막으로 의식의 문제에 접근하게 된다.

그런데 많은 이들이 지엽적인 몸의 문제를 풀다 지치거나

옳은 지도를 받지 못하거나

스스로 수행력의 고갈로 주저앉거나 포기한다.

그래도 지엽적인 문제나마 해결하였다면

그것도 대단한 성과다.

하지만 자신의 삶에서 해결해야 할 과제를

해결하지 않고 넘어감으로

영원히 그 문제로 악순환을 반복할 수 있음을 안다면

참으로 두려운 일이다.

참으로 두려운 것이 무엇인지를 아는 것이 또한 지혜다.

산야의 고치들

등산이나 들을 산책하다 보면
아주 귀여운 녀석들을 만나게 된다.
높고 낮은 나뭇가지나 마른 풀잎에 매달려
겨울을 나는 곤충들의 고치집이다.

녀석들은 겨울을 나기 위하여
나름의 방법으로 생존의 조건을 스스로 만들어
영하의 추위에도 너끈히 안락하게 겨울을 난다.
녀석들의 겨울집은 참으로 단순 소박하다.
평수가 그리 넓지도 않을 뿐만 아니라 아무런 시설이 없다.
그저 자기 몸 크기만 한 공간을 스스로 만들어
고요히 봄을 기다린다.

생존 본능으로 보기에는
많은 의미를 내포하고 있을 뿐 아니라
수행하는 이들에게는 한 수 배울만한 그들의 지혜가 있어
사색하여 본다.
사람이 사람답게 산다는 것은

인간으로서의 최고의 정체성에 다다르기 위한
정신적 물적인 조건들을 끊임없이 만들어가는 것이라 본다.
만약 그렇지 않고 물욕에 바탕을 둔
부와 명예만을 추구하고
인간의 최고 정체성에 대한 개념도 의지도 없다면
그저 생존을 위한 물적 집합체나 다름 아니다.

일차적으로 물적인 안정화가
그다음 단계인 자기실현이라는 인간다움의 기본단계로
넘어갈 수 있겠으나,
그러한 순서를 밟기보다는
아예 처음부터
정신적인 추구와 물적인 추구를 위한
균형 있는 자세와 힘이 필요하다.

마치 겨울을 나는 곤충들이
자신의 생존을 위하여 자신만의 공간을 만들듯
인간 최고의 정체성에 다다르기 위한 지난한 여정을 가기 위한 자신의 고치를 만들어야 한다.
수행인들은 자신들의 수행력을 유지하고 발전시키기 위한
자신만의 고치를 만들어
세파를 견디는 쉼과 도전의 공간이 필요하다.
산야에서 겨울을 나는 고치들처럼.

생활수행인들에게
수행공동체는 겨울산야 곤충들의 고치와 같다.

세파의 유혹과 위험으로부터 수행력을 보장받고
새롭게 도전하는 안전막으로서
수행공동체는
진정 행복을 추구하는 사람들에게는 필수 조건이다.

수행의 조건을 갖추기 위하여 도반을 만들어
자신의 안전막의 공간을 밀도 있게 갖추는 것은
참으로 좋은 일이다.

주변은 또 다른 나

어떤 심리학자가
젊은 남녀들을 상대로 어떤 사람에게 끌리는가를 실험하였다.
실험은 한 사람씩 밀폐된 방에 들어가
사방 벽면에 걸려있는 사진들을 보고
자신이 가장 끌리는 상대를 고르는 것이다.

실험에 참여한 사람들이 끌린 상대는 다름 아닌
자신의 모습을 여성 또는 남성으로 바꾸어 놓은 사진들이었다.
바로 자신을 골랐던 것이다.
사람들이 자신을 가장 좋아하고 자신을 좋아하는 만큼
자신과 비슷한 사람에게 끌리는 것이다.

이것은 몸이 의식의 반영체임을 나타내는 것이다.
마음이 몸을 만들고 마음이 끌리는 대상은 바로 자기다.
애초 어머니 태에서 생성될 때 의식은 현재의 몸을 만들기 위해
자신의 마음을 모았던 것이다.
자신이 마음을 모아 만든 몸이니 자신도 모르게 끌리는 것이다.
이것을 확대하면

자신의 주변 환경은 자신이 만든 것이라 할 수 있다.

몸이 의식의 작은 반영체라면

나의 주변은 내 의식이 만들고 끌어들인 더 넓고 큰 몸인 것이다.

나의 인이 연을 만든 것이라 볼 수 있다.

따라서 동시대의 사람들은

그 시대의 문화와 환경을 만든 주체들이다.

이는 협동체이자 협력체라는 것이다.

따라서 나를 둘러싼 주변 환경은 나인 것이다.

그러므로 주변을 변화시키고 바꾸려면

자신부터 변화하여야 한다.

나와의 관계성 속에서 주변은 나만큼 나인 것이다.

다시 말하면 나와의 관계성 속에서 내가 만나는 사람들은

또 다른 내가 드러난 나다.

나를 드러내기에는 내 몸이 좁아 다른 이들을 통해

또 다른 나를 드러낸 것이라 할 수 있다.

싫든 좋든 내 주변의 사람과 환경은

또 다른 나임을 진정으로 알 때
세상과 조화를 이루며 사는 지혜가 일어난다.

깨달음이란 이러한 것을 진정으로 알고 느끼고 수용하는 것이다.
사람이 소우주라는 것은
이미 인류의 스승들이 누차 주장하고 밝힌 바이다.
이는 내가 우주를 반영하고 우주는 나를 반영하고 있음이다.

주변에서 만나는 모든 생명체들은
나를 반영한 또 다른 나임을 알고
그들과 공존하고 더불어 성숙하고 성장하여 진화하려는
지순하고 성실하며 경건한 마음이
생명생활 명상수행이 가고자 하는 길이다.

그러기 위해 나를 변화시키는 것이
곧 사회를 변화시키는 가장 큰 동력이다.

이것은 나만이 행복하다고 행복할 수 없음이다.
내가 행복한 만큼 주변도 행복할 수 있도록 도와야 하는 것이다.

나는 안전한 사람인가

사람과 관계를 하다 보면
믿고 신뢰할 만한 사람이 있는가 하면
불안한 사람이 있다.

사기를 치거나 거짓말을 할 사람 같지는 않으나
가까이하기에 부담이 되는 사람들이 있다.
이럴 때 불안한 사람이라 생각하면 될 것이다.
불량식품은 잘못 먹으면 당장 배탈이 난다.
식품도 안전한 식품이 있듯이 사람도 안전한 사람이 있다.

안전한 사람은
첫째, 정서가 안정되어 있다.
둘째, 어떤 경우라 하더라도 남을 탓하지 않는다.

다른 사람이나 환경 조건을 탓하기 전에
자기 내면의 어떠한 요소가 이러한 생각과 느낌을 생산하고
이러한 행위와 반응이 일어나게 하는가를 먼저 생각하여
자신을 먼저 추슬러 간다.

그리고 자신이 변화한 만큼의 능력으로
환경과 조건을 개선하려 한다.
대체로 정서의 안정성이 확보되고 남 탓으로 돌리지 않는다면
기본적으로 안전한 사람이라 할 수 있다.

정서가 불안하고 남 탓하는 사람들은
필연적으로 양설兩舌하게 된다.
즉, 사람들에게 이말 저말을 옮기며
공감받지 못한 감정이나 불안 정서를 여기저기 흘리고 다닌다.
조금이라도 자신의 자존심이 상하거나 손해를 봤다 생각하면
이빨을 드러내고 사정없이 덤비는 동물처럼 으르렁거리며
여기저기 헐뜯고 돌아다닌다.
결국 관계는 깨지거나 흔들리게 되어
불필요하게 에너지를 소모하며 해명하거나 설명해야 하는
구차한 일이 발생한다.

이 구차한 일을 통하여 사람들이 성숙하기도 하지만
참으로 더딘 일이다.

우선 나는 누구에게나 안전한 사람인가
성찰하여 볼 필요가 있다.
가족이나 친지들에게 친구나 직장동료들에게
안전한 사람인가.

안전하다는 것은 순일한 에너지로 성숙하여 갈 수 있는
안정적인 토대를 구축한 것이나 다름없다.
이러한 안정적인 토대를 구축하고
고도의 성숙과 성장을 추구하여 가는 것이 수행공동체이다.

그러나 불안한 세상 사람들이 수행공동체에 들어오기도 하니
이 불안한 사람이 빠르게 안전한 사람으로 거듭나기 위하여
수행공동체의 수행장력이 높아져야 한다.
수행공동체의 수행장력을 높이는 것은
우리 모두가 안전해지는 길이며
고도의 성숙과 성장을 위한 고속도로를 설치하는 것이나 다름없다.

수행공동체의 장력을 높이는 것은
일차적으로 자신의 성찰기 또는 자신의 일상이야기나

수행담을 매일 또는 자주 올리는 것이다.
수행을 하면 생산물이 있어야 한다.
자신의 일상에서 일어난 일이나
그것을 성찰한 것 등이 수행생산물이다.
생명생활명상을 한 님들은 모두 수행자이다.
수행자의 일상은 모두 수행생산물이다.

생산물을 나누는 시장이 일차적으로는 사이트 공간이며
때때로 오프라인에서 만나 나누는 장이 될 것이다.
생산물은 자신이 생산한 것이어야 하며
자신의 이야기여야 한다는 것이다.

남이 어쩌고저쩌고 어디서 이런 말을 들었고 하는
자신 밖의 이야기는
자기의 생산물이 아닌 다른 이의 배설물일 뿐이다.

영양가 있는 생산물이 많이 나올 때 모두 건강해지고 성숙하여
끝내는 상대행복의 경계를 넘어
해탈의 절대행복의 경계로 진입할 것이다.

인정에 목마른 가난한 사람들

우리나라의 중산층이 많이 산다는 지역에서
포교당을 하는 스님을 만났다.
그 스님 말씀이 이제사 이 지역 사람들의 특성을 알 것 같다 한다.
그 특성이란 자신들의 학력과 돈 자랑을 끊임없이 한단다.

그러나 정작 주변 사람을 위로하거나 돕는 것은
거의 보지 못하였단다.
포교당에도 그리 도움이 되지 않는 듯하였다.

물질적 성장이
그들의 내면을 성숙시키지 못한 것이다.
참으로 허약하기 짝이 없는 사람들이다.

각종 이재로 재산을 불려 수십 평이 넘는 고급 아파트에 살고
집이 서너 채가 되고 땅을 여기저기 소유하고 있지만,
그들은 사람들의 인정과 위로가 아직도 필요한 사람들이다.
진정 가난한 이들이다.

학력과 돈, 신분에 의지하여 인정받고 싶어
돈 자랑, 지식 자랑, 사회적 신분으로 위세를 부리나,
정작 지식과 돈으로 남을 돕지 못하는 이들.

나눔이 없는 사람들
다만 남들이 알아주기를 바라는 이들
물질적 성장이 그들의 성숙을 담보하지 못함이 안타깝다.

헉헉대며 더 많은 돈과 땅과 집을 보유하여야 한다.

그리고 시간 나면
사람들이 모인 곳에서 그러한 것을 드러내야 한다.
다른 이의 부러움이 그들의 활력이다.
내면의 허함을 채우지 못한 영혼은 계속 야위어가고….

총기 탈취범의 분열

분열은 대다수 문제의 근원이 된다.
성장을 위한 세포의 분열이나 독립을 위한 조직의 분가를 제외한
아름다운 분열이란 극히 드물다.
분열의 반대 의미는 생명생활명상에서 정돈과 정렬이다.

최근, 총기 탈취범은 자신이 다중인격자이거나
다중성격일지 모른다고 자신의 블로그에 올렸다 한다.
범인이 해병 병사를 자동차로 살해하고 총기를 탈취하여
도주한 엽기적인 범행의 근본 문제는 바로 분열이다.
분열은 자신의 내면에 많은 굴절과 왜곡의 틈을 보이게 된다.
이 틈은 분열의 정도에 따라 여러 형태로 나타나는데
범인의 경우는 분열이 매우 심했을 뿐 아니라
여러 측면에서 왜곡의 틈이 보였던 것 같다.

이 틈을 이용하여 감정과 생각이 요동을 쳐도
통제할 만한 주인의 힘이 미치지 않는다.
또 그사이에 이러저러한 많은 것들이 침투하여
분열 중합체가 된다.

마치 주인 없는 무주공산이 되어
아무나 치고 들어오면 주인이 되는 지경에 이르게 된다.
이 정도 되면 성질 고약하거나 이기적이고 몰염치한 자들이
치고받다가 가장 성질 고약한 자가 차지하게 되는 경우가 허다하다.

그런 다음의 수순은 뻔하다.
그들은 자신의 욕망만을 채우는데 관심을 갖게 된다.
이제 주인공은 힘을 잃고 구석에 처박혀
구원의 손길만을 기다리는 가련한 신세가 된다.
요행히 구원의 손길이 닿아도
욕망이라는 감정은 주인공의 발현^{자각}을 독재적으로 억압한다.
감정 또는 다른 인격체의 겨울공화국이 되는 것이다.

모든 정보는 자신의 감정과 욕망을 채우는 데 집중하고
다른 것은 거들떠보지 않는다.
자신의 내면이 정돈 정렬되어 있다는 것은
우리 생명생활명상에서
자신의 주인공과 자신의 마음과 몸이 일치되어

주인공의 조절 통제권이 정연하게 미치고 있음을 의미한다.
주인공과 마음 그리고 몸 사이에 신뢰 관계로 정돈 정렬되어
누구도 기웃거릴 수 없다.
들어와도 신속하게 제거하거나 제압할 수 있게 된다.

분열은 누구나 경험하게 된다.
정도의 차이가 있을 뿐이다.
감정이 솟구치고
다른 이의 합리적인 이야기가 들리지 않고 짜증이 나면
내 속에 분열이 시작되고 있음을 알아야 한다.

그때 비로소 자각이라는 힘과 기운으로
주인공의 활동공간을 보장하여 주는 것이 정돈명상이다.
따라서 가장 어려울 때 정돈이라는 명상과 자각을 굳건하게 세워
주인공의 손을 들어 주어야 한다.

세상에서 마음처럼 자주 변하는 것은 찾아보기 힘들다.
마음이 변하지 않기를 바라는 것 자체가
이미 상처받을 각오가 되어 있음을 의미한다.

마음과 생각은 마치 불과 물 같은 것이다.
'불과 물은 믿을 수 있다 없다'는 차원을 넘어
어떻게 쓰느냐가 문제일 뿐이다.
쓰는 주체가 누구냐에 따라 재앙이 될 수도
생명을 살리고 키우는 토대가 될 수도 있기 때문이다.

마음은 잘 쓰면 불과 물처럼
참으로 이로운 조직체계이다.
그러나 마음을 잘 쓰면 좋다는 것은 누구나 다 알고 있지만,
잘 쓸 수 있는 조건이 무엇인지 잘 알지 못할 뿐 아니라
그러한 조건을 스스로 만들어 가는 방도를 모르고
능력 또한 턱없이 부족하다.

생명생활수행에서는 생명조건을 매우 중요하게 여긴다.
이러한 생명조건 중에서
정돈과 정열은 생명조건을 확립하여 가는
매우 핵심적인 힘의 충전이라 할 것이다.
왜냐하면, 생명조건에서 으뜸은
주인공의 활동공간과 영을 보장하는 것이기에 그렇다.

근원의 지도

화와 같은 부정적 정서가 올라올 때 이건 화낼 일이기보다는
내가 참을 수 있는 한계를 넘어 섰기 때문이라고 자각되는 현상,
이런 것들이 근원불성의 지도라고 볼 수 있는가?

성찰력은 곧 근원의 힘이라 할 수 있다.
'이건 화낼 일이 아니었음을 알고 다만 나의 한계를 넘어섰기
때문이다.'라는 자각현상은 근원의 지도라 할 수 있다.
근원은 성찰 지도를 단계별로 하게 되는데
그 사람의 수준과 상황에 따라 다양하게 이루어진다 볼 수 있다.
초보적인 단계는 후성찰後省察이다.
이는 사태가 발생한 후에 일어나는 성찰지이다.

이러한 상태가 어느 정도 진행되면서 성찰력이 신장되면
다음 단계는 즉성찰卽省察이 일어난다.
즉성찰이란 사태가 일어나는 그 단계에서 동시에 일어나는 것이다.
내면에서 올라오는 여러 느낌을 동시에 알아
그 자리에서 처리하는 것이다.
이 단계를 지나면 전성찰前省察이 이루어진다.
이는 어떠한 생각과 느낌이 올라오면

이것이 어떻게 될지를 미리 알아
사태가 발생하기 전 조정 및 정돈을 하는 것이다.

육체를 지닌 존재들의 한계
그 한계 상황에서 무너져 버리는 공든 탑
그리고 뒤따르는 좌절감
'애고... 애고...'
닿을 듯하면서도 어느덧 멀리 가 있는 무지개이련가.
존재의 한계를 느끼면서 존재의 계를 올라가는 것이
우리들의 삶이 아닌가 한다.
'애고... 애고...'
그 좌절감이 우리를 키워가는 힘이 될 것이라 본다.
닿을 듯한 무지개가 아니라 뛰어오를 우리의 존재계이다.
함께 가보도록 하자.

세상에는 '애고... 애고...' 조차 하지 못하는
가슴 아픈 사람들, 가슴 시린 사람들 얼마나 많은가.
많이 애고 애고 하면서
그 에너지를 추진력으로 앞으로 앞으로 나가자.

늙은 아이들

성숙한다는 것
명상수행을 한다는 것은
홀로 있을 때 홀로 있는 존재 자체에 대한
충만감을 길어 올리는 것이다.

무엇에 의존하여
자신의 존재감을 느끼는 것이 아니라
자기 자체로 존재감을 느끼는 힘을 키우는 것이다.
어떤 것에 의존하여 자신의 존재감이나 정체성을 느낀다면
참으로 슬프고 안타까운 일이다.

사람들은 내 안의 나보다는
다른 사람들의 평가나 칭찬 또는 감정의 공감이나 이해를 구하고
그것이 충족되면 행복감이나 충만감 또는 존재감을 느낀다.
이러한 사람이 곁에 있게 되면 참으로 힘들고 귀찮다.
혹시 내가 그러한 귀찮은 존재나 힘든 존재가 아닌지
성찰해 보아야 한다.
정서의 항상성은 어떠한 경우라 하더라도

정서의 안정성이 지켜져야 한다는 것을 의미한다.
만약 안정성이 흔들리거나 허물어졌다면
내 안에 무엇 때문에 흔들리고 허물어졌는지 알아내는 것이
자각의 깊이와 폭을 넓히는 수행이다.

정서의 안정성이 흔들리고 있다는 것을 아는 것이
일차적인 자각이다.
그다음 순서는 무엇이 나의 정서를 흔들리게 하는지
내 안에서 찾아야 한다.
이것이 명상수행이다.

정서의 안정성이 흔들리는 이유를 밖에서 찾는다면
남의 탓만으로 돌리는 어린아이로 평생 살게 된다.
이러한 사람들이 어른아이다.

세상에는 나이 먹은 아이들이 너무 많다.
이것이 세상의 진화를 막는 핵심요소다.

늙어간다는 것

산 세월이 늘어간다는 것이다.
세월이 늘어간다는 것은 자신과 타인
세상에 대한 경험의 시간이 늘어간다는 것이다.
경험의 시간만큼이나 자신과 타인
그리고 세상에 대한 이해와 통찰이 늘어가는 것이기도 하다.
그러나 꼭 이러하지 않음이 세상의 고통이다.

산 세월만큼 이해와 통찰은커녕 왜곡과 집착의 덩어리가 들어차
몸에서 나오는 것은 심한 자기주장과 자기 인정에 대한 구걸뿐
온화함과 여유는 찾을 수 없는 얼굴과 태도를 보면
늙음의 공식은 누구에게나 다 통하는 것이 아니다.

늙어가면서 온화한 얼굴과 여유로운 마음을 갖추지 못한다면
초라하고 추하다.

온화함과 여유는 자신과 타인
그리고 세상에 대한 이해와 통찰을 통하여
체득되는 결과물이다.

온화함과 여유는 성숙한 사람들의 표상이기도 하다.

늙어가면서 젊음을 부러워하고
늙어감을 한탄하며 젊은이의 흉내를 내는 사람들을 보면
자기 싫다고 떠나간 애인을 붙들고
안달하는 사람을 보는 것만큼이나 안타깝다.

젊음이 부러울 때는 젊음의 총기와 힘을
성숙을 위한 공부에 더욱 밀도 있게 매진할 수 있음을
부러워해야 한다.

그 외의 젊음에 대한 부러움과
젊어 보이기 위한 도를 넘는 치장과 태도는 추함이다.
세월만큼 온화한 미소와 여유가 배여
스스로 빛나고 향이 나길 기원한다.

명상을 만나 내 삶은 180도 바뀌었다.

행복해지기 위해 이리저리 안간힘 다 해 노력했지만,
늘 맴도는 그 자리엔 옴짝달싹할 수 없는 고통뿐!
죽을 만큼 고통스러웠고 끔찍하여
지우개로 싹 다 지워버리고 싶었던 순간순간들!

이렇게 고통스러우려고 태어난 것은 아닐텐데…
'고통은 어디서 비롯된 것일까?'라는 의문에서
어떻게 해서라도 고통에서 벗어나야겠다는
강력한 의지가 올라왔다.

마음의 평화를 이루고
자유와 인간의 존엄성을 찾기 위해,
희망과 행복을 찾기 위해,
이길 저길 헤메이며 궁구하던 길에 만난 심성구 스승님!

삶을 바라보는 관점을 바꾸고
마음의 힘을 키워

바른 선택을 결행할 수 있는
지혜와 용기를 주셨고
어리석고 무지하여 견딜 수밖에 없었던
길고 긴 고통의 세월을 청산할 수 있게 해주셨다.

새 삶이 열리게 된것이다!

절망과 고통 앞에 희망과 빛이 되어준 스승님!
스승님의 지도가 온전히 담긴 하늘재명상록의 탄생은
내게는 무한한 기쁨과 감사이며 은혜이다!

스승님은 첫 날의 생명생활개발명상지도를 통해
나에게 너무 깊고깊어
꿈에도 생각지 못했던 상상조차 할 수 없었던
내 안의 근원, 즉 불성과 만나게 해주셨다.

첫 날의 불성과의 조우는
내 운명을 가름하는 님과의 날카로운 첫키스처럼 경이롭고
거부할 수 없는 설레임이자 감동이었다!

내게도 진리를 깨달을 수 있는 불성이 있다는 것을
몸으로 체험할 수 있었던 것이다!
이 체험이 스승에 대한 신뢰의 원동력이 되어
스승으로부터 혜목慧目의 수행명 받아
흔들림 없이 오늘에 이르기까지
수행에 임하고 있다.

앎만큼 그리되어진 자는 아름답다.
나의 스승님이시다.
무한자비가 되어, 무아가 되어,
고통스러워하는 모든 존재를
있는 그대로 100% 수용해 주시며
신뢰와 존중, 이해와 배려로 품어주시는
스승님을 존경한다.
늘 평정심으로 자비로 본을 보여주신다.
비추어 보여주시니 닮아가고 싶다!

수행지도를 받으며
하늘재 너머에 절대행복이 있음을 알고

수없이 많은 내 집착으로 생긴 하늘재를,
깔딱고개를 피하지 않고 넘고 넘어왔다.

오른 만큼 변화 성숙된 나를 돌아보며
승리감에 스스로 뿌듯하다.

내게 더 높은 하늘재가 닥친다 해도
나의 무한성숙을 위한 하늘재임을 알고
넘는 방법을 보여주시고 이끌어 주시고
함께 넘어주는 스승이 있기에
더 이상 두렵지 않고
마음의 근육키워 훌쩍 넘는다.

때론 내 생각과 느낌으로 만들어진 하늘재임을 알아차리면
내가 짊어지고 왔던 하늘재를 내려 놓는다.
가뿐하고 개운하다!

무상 고 무아의 절대진리를 깨닫기까지
오늘도 하늘재를 넘으며

자유와 성숙을 위한
생명의 노래를 부른다!

십수 년 수행하면서
어느 사이엔가
내게 이루어야 할 꿈이 생겼으며
스승으로부터 보고 들으며
말씀으로 깨닫게 된 것이 바로
'머리 위의 이상을 발아래 현실로 만드는 것'이다.

꿈이 꿈에만 그친다면
허무맹랑한 이상주의가 될 것이다.
내 꿈이 현실이 되어지게 하는 것이다.
내 꿈은 스승과 함께
나와 남을 이롭게 하여
스스로 빛나고
더불어 빛나고
향내나는 공동체를 이룩하여
행복하게 사는 것이다.

나는 끊임없이 수행하여
서로에게 희망이 되는 성숙한 존재가 되어
남은 삶을 아낌없이 불태우고 싶다.

바다로 간 소금인형이 녹아 바다가 되듯이…

2024년 1월 4일
수행명 혜목慧目
이 미 혜

나와 인연된 모든 사람과
이 책을 읽는 모든 분이 행복하기를 기원하며,
하늘재명상록이 탄생할 수 있도록 도와주신
김봉기님과 연수민님 그리고 일파소에 감사드린다.

스스로 고요하여 빛나고 향내나는

하늘 재 명 상 록

초판1쇄 발행 | 2024년 2월 15일

지은이 심성구
펴낸이 이동석
펴낸곳 일파소
디자인 김성훈

출판등록 2013년 10월 7일 제2013-000294호
주소 서울특별시 영등포구 영등포로 231-1, 3층 (07250)
전화 02-6437-9114 (대표)
e-mail info@ilpasso.co.kr

ISBN   979-11-982051-5-5 (03810)